공포의
일본 실화 괴담

공포의 일본 실화 괴담

유키 노부오 · 봉마 프로젝트 엮음

주원일 옮김

북클릭

머리말

유령은 과연 존재하는가, 그것을 딱 잘라 판단할 필요는 없다고 생각합니다.

예를 들어, 유령을 보는 체험을 했다면 그것은 당사자에게는 실제 체험이고 공포의 실화가 됩니다. 그리고 누군가에게 이야기하고 싶어지죠. 유령을 전혀 믿지 않는 사람이라면 온갖 지식과 상식을 동원해서 그것을 부정하고요. 자신의 눈으로 본 것만 믿는다는 자세도 꼭 틀린 것은 아닙니다. 있다 없다, 흑과 백, 이 양극단의 사이에는 회색지대가 있습니다. 무한한 명암의 폭을 지닌 회색이 거기에 있습니다.

그 영역에 영적인 존재가 살고 있을지도 모른다, 영적 현상의 진원지일지도 모른다, 라고 생각해보면 어떨까요. 예부터 전해져 내려오는 '괴담'이란, 이 애매한 세계를 엔터테인먼트로서 즐기는 장르라고 생각합니다.

실화 괴담의 상당수가 명확한 끝맺음 없이 '그건 대체 뭐였을까?'로 끝나는 이유도 바로 그 회색지대이기 때문입니다.

운코쿠사이라는 대표 명의로 무료 괴담 메일매거진 '봉마시 프로젝트'를 십여 년 전부터 발신하고 있습니다. 괴담계

메일매거진으로서는 일본 최고인 30,000명을 넘는 독자수를 갖게 되었습니다. 독자들에게는 매일같이 믿기 힘든 실화 체험담이 제보됩니다.

이 5,000편이나 되는 방대한 괴담들 중에서 정말로 무서운 이야기, 정말로 불가사의한 이야기만 엄선해, 봉마시 이야기 시리즈라는 명칭으로 책과 CD를 제3탄까지 제작했습니다.

이번에 문고화하면서, 그중에서 '무서움'과 '불가사의함'에 특화된 이야기만 뽑아 더욱 새로운 공포를 더했습니다. 모든 에피소드는 투고 내용을 바꾸지 않고, 가필 수정을 통해 공포의 밀도를 높였습니다. 이런 괴담은 처음 읽는다는 놀라움과 호기심을 만족시켜드릴 이야기를 골라내려 노력했습니다.

창작이 아니라 전부 투고자의 실제 체험이라는 사실을 염두에 두고, 괴담이라는 회색지대의 세계를 즐겨주셨으면 합니다.

'문고 긴가도' 레이블에서 출판하면서 편집을 담당해주신 이스트 프레스의 키타바타케 나츠카게 씨, 봉마 프로젝트를 자원봉사로 도와주시는 스무 명의 온라인 스태프들에게 진심으로 감사 말씀을 드립니다.

봉마 프로젝트 주재, 유키 노부오(운코쿠사이)

차례

視.

聽.

본다는 행위만큼 기만으로 가득 찬 것은 없다.

망막에 비친 것이 전부 이 세상의 것이라는 보장은 없다.

저기를 보라, 어둠보다 짙은 뭔가가 다가오고 있다.

검은 점

그 일은 내 방에서 갑자기 일어났다.

가족 중에서 제일 늦게 자는 나는 집 전체의 조명을 끄
는 역할을 맡고 있었다.

그날도 1층 거실 불을 끄고 2층의 내 방으로 올라가려
했다. 그때 계단 아래에 머리가 긴 여자가 서 있었다.

영감이 있는 나는 저런 것들을 무시로 일관하고 있다.
모른 척 지나가려고 앞을 통과하려던 순간.

"사실은 다 보이지…?"

귓가에서 그렇게 속삭이는 것이다.

위험하다고 생각해 여자 쪽을 보니 이미 그곳에는 없었다.

이제까지 뭔가 행동을 보이는 유령은 없었기에 이번에는 좋지 않을지도 모른다는 생각이 들었다. 방으로 들어와, 문을 잘 닫고 그쪽을 보며 가볍게 경을 외웠다.

그대로 텔레비전도 켜지 않고 자려고 침대에 누웠다. 안경을 벗고 잠을 청했지만 마음처럼 되지는 않았다.

몇 번쯤 몸을 뒤척이다 보니 문에서 기분 나쁜 기척이 느껴졌다.

뭘까 하고 시선을 옮기니 그쪽에 검고 둥근 점이 하나 있었다.

안경이 없어 흐릿하기는 했지만, 그 둥근 흑점은 조금씩 커지는 것 같았다.

이상하게 생각하면서도 잠자코 보고 있자니, 흑점은 주위에 스며들듯 조금씩 커졌다. 직경 20센티미터 정도가 되자 그 이상 커지지는 않았다.

이해할 수 없는 검은 원. 그것은 마치 위에서 똑바로 내려다본 머리 같았다.

믿기 힘든 일이지만, 정수리부터 문을 통해 여기로 침

입하려는 자가 있다는 뜻이다.

　나는 분명 계단 아래에 있던 여자일 거라고 판단했다.
　그러자 이번에는 검은 원 가장자리부터 긴 머리카락이
축 늘어뜨려지기 시작했다. 꼭 숙이고 있던 얼굴을 천천
히 들어 올리는 듯했다.
　닭살이 돋았다. 기분 나쁜 땀이 등을 타고 흘렀다.
　이윽고 여자의 얼굴이 이쪽을 보았다. 본 적도 없고 나
이도 알 수 없는 여자. 여위고 초췌한, 무표정한 흙빛 얼
굴로 이쪽을 보더니….

　"들여보내 줘…."

　낮은 목소리로 말했다.
　공포에 질린 나는 눈을 꼭 감고 계속해서 경을 외웠다.
　하지만 그러는 동안에도 반복해서, 끊임없이,

　"들여보내 줘…. 들여보내 줘…."

　여자의 소름 돋는 목소리는 이어졌다.

무한하다는 생각마저 드는 시간이 흘렀다. 한순간도 쉬지 않고 경을 외었다.

문득 깨닫고 보니 여자의 목소리는 어느새 들리지 않게 되었다.

조심스럽게 실눈을 떠보니 이미 문에서 여자의 얼굴은 사라졌다. 그저 평소와 똑같은 문만 있었다.

다음 날 아침, 그것이 나타났던 문을 꼼꼼하게 점검했다.

하지만 문에 구멍이 나거나 깨지는 등의 이상은 없었다. 매일 보는 익숙한 나무 문이었다.

가슴을 쓸어내리며 시선을 바닥으로 떨어뜨린 순간, 나는 그 자리에 주저앉을 뻔했다.

검고 긴 머리카락이… 몇 가닥이나 떨어져 있었다.

투고자 **나가시로 우미** (남성, 아키타 현)

심야의 공원묘지

오사카 교외, M시 산속에 공원묘지가 있다.

어느 날, 나는 밤나들이라고 허세를 부리며 목적지도 없이 혼자 드라이브를 나섰다. 아무 생각 없이 운전한 탓인지 어느새 이 O공원묘지까지 흘러들어오게 된 것이다.

공원 입구에는 광장이 있고 주위에는 나무가 울창했다. 덩그러니 선 가로등의 파르스름한 빛만이 주위를 어렴풋하게 밝혀주었다.

이상하게도 나는 그쪽으로 이끌리듯 차를 몰았다.

공원 입구 근처까지 가니 떠들썩한 풍경이 기다리고 있었다. 유치원생이나 초등학교 저학년쯤 되는 수많은 아이들이, 꺄꺄 환성을 지르며 재미있게 놀고 있었다.

'뭐지, 이 아이들은… 소풍이라도 나온 건가?'라고 생각했다.

그 정도로 자연스럽게 떠들고 있었다. 하지만 금세 정상이 아니라는 느낌이 들었다.

강렬한 위화감에 곧바로 손목시계를 확인하니 시각은 이미 자정을 지났다.

'아니, 이게 뭐야. 한밤중이잖아!'

이런 시간에 애들이 잔뜩 모여서 놀고 있다니, 어떻게 생각해도 이상하다. 잘 보니 그 무리에는 아이들만 있고 교사나 학부형은 어디에도 보이지 않았다.

'이거… 오면 안 되는 곳에 침입한 건….'

그렇게 생각한 순간, 그런 내 마음을 읽은 것처럼 마음껏 떠들던 아이들이 움직임을 딱 멈추었다.

무수한 앳된 눈이 일제히 나라는 이질적인 존재를 노려보았다.

몸을 이쪽으로 돌려 깜빡이지도 않는 눈으로 노려보면서, 천천히 간격을 좁혔다.

마치 누구의 눈에도 띄지 않도록 비밀리에 모여 있던 아이들이 '들켰잖아…'라는 생각에, 성역에 침입한 자를 처리하려 포위하는 모습처럼 무시무시했다.

일제히 노려보는 그 눈은 이미 아이의 것이 아니었다.

이 세상의 것이 아닌, 밤보다 어둡고 차가운 빛을 품고 있었다.

심야의 드라이브가 순식간에 예상치 못한 공포로 돌변했다.

핸들을 꺾으면서 덜덜 떨리는 다리로 필사적으로 액셀을 밟았다. 타이어가 마찰해 끼긱거리는 비명을 질렀다.

그들의 눈앞에서 급선회해서 그 자리에서 맹렬한 속도로 도망쳤다.

쫓아오지 않기를 빌면서, 핸들을 움켜쥐고 백미러로 공원 입구를 흘끔 확인했다.

백미러에 비친 그것은….

봤구나, 가깐 안 놔두겠어….

그런 기세로 여전히 노려보는 아이들의 무리였다….

투고자 **곤타 주의** (남성, 오사카 부)

희생자

전문학교에 재학 중인 나는 오랜만에 나가노의 본가로 귀성했다.

여름방학은 길어서, 숙제를 조금씩 하면서 느긋한 시간을 보내고 있었다.

닷새째의 일이었다.

늦은 밤에 숙제를 하는 버릇이 있는 나는 그날도 새벽 2시 넘어서까지 책상에 앉아 있었다.

간신히 마무리를 하고 슬슬 자려고 이불 속으로 들어갔다. 전등을 끄고 선풍기를 켜고, 더위에 몸을 뒤척이며 잠을 청했다.

하지만 묘하게 눈이 말똥말똥해, 어쩔 수 없이 음악이라도 들으려고 워크맨에 손을 뻗었다. 그때, 침대 아래에서 데구르르 하고 뭔가가 굴러가는 소리가 들렸다.

"어머머, 베리? 사쿠야? 아니면 긴이니…?"

본가에서는 고양이를 세 마리 기르고 있다.

침대 밑에서 노는 걸 좋아하는 녀석들이라 나는 셋 중 하나가 침대 밑에 있다고만 생각했다. 아마 인형이든 뭐든 굴리면서 노는 거라고, 그러려니 하고 이어폰을 낀 채로 누웠다.

음악을 들으려 했지만 재생 버튼을 아무리 눌러도 재생이 되지 않았다. 썰렁한 방에서 버튼을 누르는 철컥거리는 소리만 공허하게 울려 퍼졌다.

'뭐지…? 고장 났나? 배터리가 다 됐나?'

귀찮아도 어쩔 수 없다. 전등을 켜려고 베갯머리로 손을 뻗었다. 그런데 리모컨에 손이 닿은 바로 그때.

끼익! 삐걱삐걱… 삐걱, 끼긱….

천장보다 더 위에서 누군가가 천천히 걷는 듯한 소리가

계속해서 들려왔다. 하지만 그건 있을 수 없는 일이었다.

본가는 단독주택이고 내 방은 2층에 있다. 그러니 누군가가 걷는다면 지붕 위에 있다는 게 된다. 그러니 이건 사람이 걷는 소리처럼 들리는 집울림인 줄 알았다.

'아…, 또야….'

밤에는 자주 들리는 소리라, 일교차로 목조 주택이 뒤틀린 거라고 생각했다. 나는 크게 개의치 않고 한숨을 한 번 내쉬고서 전등을 켰다.

눈이 부실 정도로 밝은 형광등 아래에서 나는 워크맨을 점검했다.

건전지는 신품이었고 어디도 망가진 것 같지는 않았다. 고개를 갸웃거리다가 어차피 원인도 모르니 포기하고 자기로 했다.

그러자 이번에는, 콰당! 데굴데굴데굴데굴….

침대 밑에서 페트병 뚜껑이 굴러 나왔다. 또 일어나기도 귀찮아, 나는 굴러가는 뚜껑을 눈으로만 쫓았다.

뚜껑은 바닥 한가운데에서 멈췄다. 평소라면 굴러가는 뚜껑을 쫓아 고양이가 나올 텐데, 어째서인지 침대 밑에서 가만히 있는 모양이었다.

"나 원 참…. 거기로 숨은 녀석 누구야?"

그렇게 중얼거리며 상반신만 접어 침대 밑을 들여다보았다.

"어라…?"

거기에는 예상과 달리 고양이의 모습은 없고, 만화책과 입던 옷만 엉망으로 흩어져 있었다.

"이상하네. 뭐지….."

고개를 들려 하자, 진흙이나 뭔가가 썩은 듯한 냄새가 코를 찔렀다.

어? 하고 생각한 순간 눈앞에서 그림자를 느꼈다.

뭔가가 있다. 뭔가 정체를 알 수 없는 것이 있다. 나는 반으로 접힌 자세로 굳어버렸다. 시선만 서서히 들자 눈앞에 하얀 맨발이 있었다.

이대로 몸을 원래대로 되돌려서는 안 된다! 머릿속에서 경종이 울렸다.

'무서워, 너무 무서워….'

심장은 엄청난 속도로 쿵쾅거리며 뛰었다.

오랫동안 불안정한 자세를 유지한 탓에 체력에 한계가 다가왔다.

땀이 이마를 타고 흐르고 복근이 경련을 일으키게 되었

을 때쯤, 스윽 하고 흰 발이 사라졌다.

　기묘하게도, 전혀 작동을 안 하던 워크맨이 경쾌한 음악을 내보내기 시작했다.

　'으아아아아아아아, 다행이야. 어디론가 간 것 같아….'

　안심해서 접었던 몸을 들었다. 시선이 바닥으로 향했다.

　……하지만. 바로 거기에, 있었다.

　진흙으로 더럽혀진 머리카락, 상처투성이인 여자의 얼굴… 얼굴만 거기에 있었다.

　'히이이이이이이이익!'

　나는 목 안쪽에서 소리 없는 절규를 질렀다.

　백발이 섞인 그 여자는, 질척한 머리카락을 바닥에 엉망으로 흩뜨려 놓고 핏발이 선 눈을 부릅뜨고 있었다.

　핏기가 사라진 보라색 입술을 살짝 벌리고… 뭔가를 말했다.

구 해 줘

　한 글자씩 끊어서, 괴로운 듯이 말을 내뱉었다.

그 말로 끝인가 하고 생각했더니, 얼굴은 녹아버리듯
사라져버렸다.

쿵쾅거리는 심장을 가까스로 진정시키고, 이건 분명 악
몽이라고 스스로를 다독이며 신속하게 도망칠 수 있도록
방문을 전부 열고 애써 잠을 청했다.

다음 날.

대낮이 되어서야 흐느적거리며 일어선 나는 그 일을 빨
리 잊으려고 텔레비전을 켰다. 텔레비전에서는 오후 뉴스
가 나오고 있었다. 나는 별생각 없이 보다가 나는 그 자리
에 얼어붙었다.

"자위대는 오늘 오전 10시경에 행방불명된 5명의 시신
을 발견했습니다."

아나운서의 비통한 목소리와 함께 화면에 나오는 희생
자들의 사진. 거기에 그 얼굴이 있었다. 어젯밤에 내 방에
서 본 그 얼굴이….

내가 본가로 가기 전에, 나가노에서는 기록적인 폭우가
연일 내렸다. 산간부의 산사태에 말려들어 사망한 사람이
몇 명이나 있었다고 한다.

그중 하나가⋯ 나한테 찾아왔다⋯.

시간이 좀 흘러 안정을 되찾은 후에, 영감이 있는 할머니께 그 일을 말씀드렸다.
"왔었구나. 넌 홀리기 쉬운 체질이니까⋯ 조심하거라."

대체 어떻게 조심하라는 걸까. 그 후로 나는 무서워서 침대 밑을 볼 수가 없다.

투고자 **미스트** (여성, 도쿄 도)

회송 전철

학생 때 겪은 이상한 일이다.

어느 겨울날, 친구네 집에 모여서 언제나처럼 마작을
하고 있었다.

시간이 남아도는 대학 생활이었기에 어지간하면 아침
까지 테이블에 죽치고 앉아 있었지만, 그날은 드물게도
빨리 끝이 났다.

그래도 이미 새벽 2시를 지나, 그 후로 시시껄렁한 잡
담을 한 후에 해산했다.

내가 다니는 대학교는 교토 F구에 있고, 언제나 모이는
친구네 집도 같은 구의 K철도노선 주변에 있었다.

심야에 친구 집에서 나와 내 자취방으로 돌아가기 위해 선로가를 미니바이크로 달렸다. 슬슬 졸음이 오는 몸에 찬바람이 딱 좋았다.

심야라서 그런지 길에는 아무도 없었다. 조용한 민가를 오토바이의 날카로운 엔진 소리가 훑고 지나간다.

이윽고 선로를 횡단할 때마다 통과하는 건널목이 보였다.

서행으로 건널목을 건너려 했을 때, 갑자기 땡~ 땡~ 땡~ 하고 경보기가 깜박이면서 바쁘게 울리더니 눈앞에서 차단기가 내려가 버렸다.

황급히 바이크를 세우고 무심결에 시계를 보니 새벽 3시가 다 되었다.

'이런 시간에 뭐지? 막차 시간은 한참 전에 지났는데…'라고 생각했다.

이런 비상식적인 시각에 정말로 전철이 달린다고? 급히 차고에 들어가는 전철이라도 있나?

이상한 기분이 들기는 했지만, 다른 방법도 없으니 흥미 반으로 전철을 기다렸다.

이윽고 전철이 느릿하게 다가왔다. 정말로 오는구나. 차량에는 '회송'이라는 표시가 있었다.

이런 심야에도 회송 전철이 달린다는 사실에 신기해하면서, 나는 덜컹거리며 천천히 지나가는 전철 창문을 멍하니 올려다보았다.

건널목 근처는 주택가에 시간도 늦어 전철은 속도를 최대한 낮춘 것처럼 보였다.

그래도 얼어붙은 공기를 진동시키는 경보음이 묘한 불안감을 자극했다.

오륙 량 편성의 중간쯤 되는 차량이 눈앞을 지나갈 때, 나는 눈을 의심했다.

바로 지금 통과한 차량. 물론 회송 전철은 차량 내부도 조명이 꺼져서 캄캄했다. 그렇기에 기묘했던 것이다.

단. 일어날 리 없는 상황에 머리가 쫓아가지 못했다.

내가 본 것은… 한 명의 여자 승객이었다.

새벽 3시의 회송전철. 캄캄한 차 안에 여자가 혼자 타고 있었다. 두꺼운 검은색 코트를 입고 서 있었다.

역에 접근한 것도 승객이 많은 것도 아닌데, 그 여자는 차 안에 서 있었다. 게다가 문에 기대지도 않고 차량 한가운데에….

　더 기묘한 점은, 서 있으려면 보통은 손잡이를 잡고 창문, 즉 이쪽을 볼 것이다. 하지만 그 여자는 뒤를 보고서 손잡이도 잡지 않고, 그저 미동도 없이 우두커니 서 있었던 것이다.

　전철이 지나가고 경보음이 멈췄다. 차단기가 올라갈 때가 되어서야 내가 얼마나 무시무시한 것을 보았는지 깨닫고, 오싹 소름이 돋는 것을 느꼈다.

　어떻게 생각해도 설명이 불가능한 광경이었다. 심야의 회송 전철만으로도 이상한데, 캄캄한 차 안에서 나는 봐서는 안 되는 것을 보고 말았다.

　그날로부터 꽤 오랜 시간이 흘렀다.

　하지만 아직도 그 여자의 뒷모습은 뇌리에 새겨져 있다. 그리고 진심으로 생각한다.

　그 여자가 내 쪽을 보고 있지 않아서 다행이라고….

투고자 **키시모토 한소** (남성, 교토 부)

간지러워

어린 시절에 겪은 어떤 무서운 일.

30년도 더 지났지만 그 후로 아무리 노력해도 할 수 없는 일이 있다.

그게 뭐냐면, 잘 때 발을 절대로 이불 밖으로 내놓지 못한다는 것.

그건 내가 초등학교 1학년 때 시작되었다.

잘 시간이 되면 동생은 언제나 같은 부지에 있는 할아버지 집으로 가버려, 나는 언제나 혼자서 잠을 잤다.

어쩐지 묘하게 무더워서 잠이 잘 안 오던 어느 날 밤.

더워서 발을 이불 아래로 내놓고 자고 있었다. 그런데

기분 탓인지 누군가가 내 발을 간질이는 것 같았다.

잠기운 때문이라고 스스로를 타이르며 모르는 척했지만, 그래도 간지러운 건 사실이었다.

불을 켜서 확인하기도 귀찮았고, 아무튼 졸렸다. 그날은 발을 다시 이불 속으로 넣고 그대로 잠들었다.

다음 날 밤.

이번에도 누군가가 발을 간질이는 감촉이 있었다.

하지만 그때도 기분 탓이라고 생각해 이불에 발을 넣어 간지럽히지 못하게 했다.

이변은 그다음 날 밤에 일어났다.

더위를 못 이기고 이불 밖으로 발을 내밀자 역시 누군가가 간질이기 시작했다.

이상하다. 이렇게 밤마다 계속된다는 건 역시 이상하다. 아니, 이상한 걸 넘어서 무섭다.

어린 내가 원인을 알 리도 없다. 그저 두려움만 있어, 그때부터는 아무리 더워도 참고 이불로 발을 완전히 덮고 자게 되었다.

신기하게도 그렇게 하면 이불 속으로 손이 들어와 간질이지는 않았다.

이불 방어막 덕분에 공포가 약해진 어느 날 밤. 대체 누가 내 발을 간질이는 걸까 하는 호기심이 이겼다. 시험 삼아 일부러 발을 내놓아보기로 했다.

그날 밤, 발을 이불 밖에 내놓고 자보았다.

…몇 시쯤일까. 문득 깨닫고 보니 누가 또 내 발을 간질이고 있었다.

혹시 부모님 아닐까? 라는 생각도 했다.

하지만 우리 부모님은 그런 장난을 칠 만한 성격도 아니고, 자는 아이의 방에 몰래 들어와 발을 간지럽힐 이유도 없었다.

'이건, 부모님이 아니야….'

그렇게 확신했다. 충격은 받았지만 내버려둘 수도 없다. 정체를 확인하려 주뼛주뼛 실눈을 떴다.

발을 간질이는 감촉은 여전히 계속되고 있다.

천천히 발 쪽을 보니…!

창문으로 들어오는 푸르스름한 달빛을 받으며, 새카만 것이 발밑에 웅크리고 있었다.

본 적도 없는 인간. 아니, 저게 과연 인간일까….

나에게는 흔히 말하는 악마나 해골처럼 보이기도 했다.

도저히 이 세상의 존재 같지 않은 그것은, 망토 같은 뭔가에서 얼굴을 반만 내밀고 무시무시한 표정으로 가만히 나를 노려보고 있었다.

너무 무서워 정신을 잃었는지, 그 후의 일은 잘 기억나지 않는다.

어린 시절에 그런 공포 체험을 겪은 탓에, 어른이 되어서도 도저히 이불 밖으로 발을 내밀고 잘 수가 없다.

투고자 Sara (여성, 미국)

바다의 저택

　Y씨는 여자인데도 오토바이 배기량 무제한 면허를 소
지한 여걸이다.

　어느 날 그녀는 바닷가의 와인딩 로드를 투어링했다.
　한참 바다를 바라보며 쾌적하게 질주하다가, 피로가 쌓
여 잠깐 쉬려고 자판기 앞에서 오토바이를 세웠다.
　캔 커피를 마시고 바람을 맞으며 경치를 바라보는데,
바다로 뻗은 외길이 눈에 들어왔다.
　어디로 이어지는 길인가 하고 눈으로 따라가 보니, 길
끝은 작은 섬처럼 되어 있고 거기에 있는 2층짜리 하얀
집이 작게 보였다. 이 일대에서 서양풍은 드물어 다소 특

이한 인상이었다.

Y씨는 호기심이 생겼다. 캔 커피를 다 마시고 오토바이에 올라타 천천히 그 집 앞까지 몰았다. 이 도로가 사유지라면 곤란할지도 모르겠다는 생각도 했지만 돌아가기에는 너무 늦었다. 어느새 집 앞까지 도착하자 2층 창문에서 밖을 바라보던 여자가 Y씨를 발견했다. 아니, 기다렸다는 표현이 올바를지도 모른다.

여자는 가볍게 미소를 지으며 현관까지 내려왔다. 하얀 집에 어울리는 하얗고 청초한 원피스 차림이었다. 나이는 30대 중반 정도일까.

"여기에 사람이 온 건 오랜만이네요. 기왕 오셨으니 홍차라도 한잔하고 가세요."

거절하기도 힘든 분위기라, 권유대로 집 앞 벤치에 앉아 홍차와 케이크를 대접받았다.

1시간 정도 대화를 나눈 후에, 예의 바르게 감사 인사를 하고 다시 바이크를 타고 떠나는… Y씨는 그런 체험을 했다.

그 일로부터 1년쯤 후, 이번에는 Y씨와 나, 친구 둘 이렇게 넷이서 드라이브를 했다. 해안도로를 달리다 보니 Y씨가 갑자기 떠올랐다는 듯이 말을 꺼냈다.

"아, 맞다. 이 앞에 하얀 2층 집이 있는데, 거기서 엄청 맛있는 홍차와 케이크를 얻어먹은 적이 있어."

그리워하는 말투였다. Y씨는 이야기를 계속했다.

"그 집에서 사는 여자는, 미인이긴 한데 조금 옛날식 옷을 입고 있었어⋯."

나와 두 친구는 서로의 얼굴을 마주 보고 곤란한 표정을 지었다.

"말하는 편이 낫지 않을까?"

"누가 말할 건데?"

가볍게 티격태격한 결과, 내가 말하는 처지가 되었다.

"Y씨, 거긴 말야⋯. 10년쯤 전부터 아무도 안 살아. 집도 엄청나게 낡았을 테고."

얘기를 하는 도중에 부정당해, Y씨는 깜짝 놀라 강변했다.

"무슨 소리야. 그런 거짓말은 하면 안 돼. 그 케이크가 얼마나 맛있었는데."

Y씨는 우리의 말을 조금도 믿어주지 않았다.

그럼 한번 가보자는 말이 나와, 바다에 돌출된 섬과 같은 장소로 핸들을 꺾었다.

길가에 잡초가 무성해 전망이 나쁜 외길을 말없이 달렸다. 길은 상당히 험해 차는 괴로운 소리를 내며 좌우로 흔들렸다. 사람보다 큰 잡초가 자란 길을 잠시 지나자 문제의 집 앞에 도착했다.

하지만 그 집은 창문이 전부 깨진 데다 실내에 가구다운 건 아무것도 없었다.

오랫동안 비바람을 맞아 엉망이 되었는지, 집은 한눈에 봐도 처참했다.

흰 페인트는 너덜너덜하게 벗겨지고, 벽은 지저분한 오염이 여기저기 보였다. 도저히 사람이 살 수 있는 상태가 아니라는 건 확실했다.

폐허가 된 그 집 앞에서, Y씨는 도저히 믿을 수 없다는 표정으로 멍하니 서 있기만 했다.

하지만 그 후에도 Y씨는 고작 1년 전에 체험한 사실과 황폐한 빈집 사이의 갭을 메우지 못해, 아직도 믿지 못하는 것 같았다.

"그야 그 케이크, 정말로 맛있었다고…"라고 중얼거리면서.

투고자 **히로** (남성, 오키나와 현)

캠프장

초등학생 때, 학교 행사로 오이타 현 코코노에에 2박 3일 캠프를 하러 갔다.

우리가 쓴 텐트는 원기둥을 눕혀 반으로 쪼갠 형태로, 어묵이 연상되는 두꺼운 천 텐트였다.

텐트 입구와 반대쪽은 위에서 천을 늘어뜨린 구조였다.

첫날 밤, 모든 행사가 끝나고 나는 잘 준비를 하고 있었다. 그때 강한 바람이 불어 텐트 안쪽의 천이 뒤집혀 올라갔다.

그쪽으로 반사적으로 고개를 돌린 난, 어둠 속에서 보고 말았다.

캄캄한 어둠 속에서, 우리와 비슷한 나잇대 소년의 얼굴이 떠 있었던 것이다.

무표정하게, 가만히 이쪽을 보고 있다는 기분이 들었다.

한순간 가슴이 철렁했지만 금세 텐트 천막은 내려갔다.

밖은 캄캄했고 숲이 울창해 얼굴은 절대로 보일 리 없었다. 게다가 안쪽은 급경사라 애초에 사람이 들어갈 만한 곳도 아니었다.

분명 착각이라고 스스로를 타이르며, 아무것도 생각하지 않고 곧바로 자기로 했다.

다음 날 밤.

어제의 일의 일이 도저히 머리에서 지워지지 않아 잠을 제대로 못 잤다. 그 이전에, 내내 누군가가 자신을 보는 듯한 시선을 느끼고 있었다.

신경이 쓰여 도무지 견딜 수 없었기에, 나는 마음을 굳게 먹고 밖을 확인해보기로 했다. 모두가 조용히 잠든 텐트 안을 가만히 걸으며, 천이 드리워진 맨 안쪽까지 갔다.

천 한 장의 두께를 통해 밤의 깊은 기척이 전해져왔다.

나는 손을 대고 그것을 주뼛거리며 걷어냈다.

새카만 어둠이 다른 차원처럼 펼쳐져 있었다. 이런 걸 두고 칠흑 같은 어둠이라고 하려나.

나는 시선을 조금 위쪽으로 향했다. 그러자…, 있었다.

어젯밤과 같은 소년의 얼굴이, 어둠 속에서 또렷하게….

앗, 하고 생각한 순간 눈이 마주쳤다.

견디지 못하고 비명을 지르자 친구들이 깨서 주위에 모여들었다. 회중전등을 비춰 그쪽을 다시 확인했지만 이미 소년의 얼굴은 보이지 않았다.

친구들은 다들 어리둥절해 했지만, 나는 무서움을 견디지 못하고 결국 그날은 텐트를 옮겨 달라고 해서 거기서 잤다.

다음 날 아침에 일어나보니 밖이 소란스러웠다. 선생님들도 분주하게 뛰어다녔다.

"무슨 일 있어?"

친구에게 묻자, 아침에 일어나 보니 다른 텐트에서 누군가가 행방불명되어 선생님을 비롯한 모두가 찾아보고

실루엣

내가 초등학생이던 때 체험한, 정말로 이상한 이야기.

우리 집 뒤편에는 노부부 두 명만 사는 단독주택이 있었다.

우리 집 계단을 올라간 곳에는 큰 창문이 있는데, 거기서 노부부가 사는 집 안마당을 내려다볼 수 있었다. 딱히 이웃으로서 친하게 지내지도 않아 나는 둘의 얼굴조차 제대로 기억하지 못했다.

내가 딱 초등학교에 입학했을 때, 그 집 할머니께서 몸이 안 좋아 입원하셨다고 어머니가 말씀하셨다. 물론 나야 '아, 그래?'라고만 생각했지만….

내 일곱 살 생일이 되기 일주일쯤 전이다. 지금도 선명하게 기억한다. 그 이상한 일이 일어난 날을.

　그날 밤, 나는 침대에서 잠을 자고 있었다.

　그때 정적을 깨고 어머니가 큰 창문이 있는 2층에서 다급하게 외쳤다.

　"다들 잠깐 일어나 봐!"

　이런 한밤중에 대체 뭐지, 나는 졸린 눈을 비비며 침대에서 몸을 일으켰다.

　심야인데도 어머니는 거리낌 없이 소란을 피웠다. 그 점만으로도 뭔가 가슴이 두근거려, 나는 흥미진진하게 방에서 뛰쳐나갔다.

　아버지와 여동생도 졸린 눈을 껌뻑거리며 어머니가 소리치는 계단으로 모였다. 꼭 심야의 가족회의라도 시작될 듯한 분위기였다.

　어머니에게 왜 그러냐고 묻자, 어머니는 말없이 창문을 가리켰다. 그 순간 내 심장이 덜컥 소리를 냈다.

　큰 창문의 불투명 유리에 사람 실루엣이 보였기 때문이다.

창문을 바라보며 어머니는 '이상하지?'라고 말하듯 미심쩍은 표정으로 서 있었다.

그 흐릿한 실루엣을 본 아버지와 동생도 소리는 안 질렀지만 놀란 표정이었다.

어떻게 생각해도 이 2층 창문에서 저런 그림자가 보일 리 없다. 뒷집은 단층이라 어디에도 저런 실루엣이 비칠 만한 높은 장소가 없다.

어스름한 달빛 속에서 짙은 실루엣은 창문을 크게 가리고 있었다. 나무 그림자나 전신주가 저런 식으로 보이는 게 아닐까 생각했지만, 창밖에 그럴 만한 차폐물은 없었다.

만약 그런 것이 있었다면 이제까지 몰랐을 리도 없고, 이제까지도 몇 번이나 창문에 비쳤을 것이다.

즉, 저건 분명 갑자기 생겨난 실루엣…이었다.

누군가가 불투명 유리 반대편에 서 있다고 생각할 수밖에 없다. 우리는 잠시 멍하니 그 실루엣을 바라보았다. 어째서인지 창문은 열면 안 될 것 같았다.

그때 아버지가 문득 제정신을 차렸다는 듯이 말했다.

"좋아, 정체를 확인하겠어!"

창문을 열었는데 도둑이라도 있다면 어떻게 할 거냐며 어머니는 말렸지만, 아버지는 가장의 위엄을 유지하고 싶은지 단숨에 창문을 벌컥 열었다.

…하지만 거기에 사람은 아무도 없었다.

"어라? 이상하네…."

아버지는 창문으로 얼굴을 내밀고 밖을 확인했다. 그러더니 고개를 갸웃거리며 납득하지 못하는 표정으로 천천히 창문을 닫았다.

그러자 있을 수 없는 일이지만, 그 실루엣은 다시 유리에 드리워졌다.

그때마다 아버지는 창문을 열고 원인을 찾았지만 전혀 알 수 없었다.

실루엣은 움직이지도 않고 같은 장소에 가만히 있었다. 무서움보다 이상함이 앞섰다. 이해할 수 없는 시간만이 흘러갔다.

별다른 피해를 주는 것도 아니었기에, 결국 다들 고개를 갸웃거리며 방으로 돌아갔다.

원인 모를 현상을 본 탓에 그날 밤에는 누구도 잠들지

못했다.

　그 실루엣은 달빛이 드는 밤에는 흐릿하게 보이게 되었다.

　여전히 원인은 알 수 없어, 점점 익숙해진 우리 가족은 대체 무엇의 그림자일까 하는 화제로 잠시 분위기가 고조되었다. 그리고 일주일이나 지나고 나니 그다지 신경 쓰지 않게 되었다.

　그리고 드디어 내 생일.

　파티에 친구들을 잔뜩 초대해서, 모두 함께 떠들썩하게 놀 생각에 방과 후를 기대하며 집으로 데리고 왔다.

　그러자 어머니가 '오늘은 뒷집에 장례식이 있으니까 너무 떠들면 안 돼'라고 찬물을 끼얹었다.

　오늘 무지 즐겁게 놀려고 했는데… 하고 실망하면서 모두와 함께 2층의 아이들 방으로 올라왔다.

　실루엣이 보이는 창문으로 뒷집을 보니 정말로 장례식 중이라, 평소에는 아무도 없는 안마당에 상복을 입은 사람들이 잔뜩 있었다.

　몸이 안 좋아져 입원한 할머니가 일주일쯤 전부터 갑자

기 용태가 나빠져, 결국 어젯밤에 돌아가셨다고 한다.

그리고 불가사의한 일은 장례식 다음 날에 일어났다.

밤마다 보이던 실루엣이 그날 밤에는 나타나지 않은 것이다.

그날만이 아니라 다음 날도, 또 그다음 날도….

그 후로 벌써 20년이나 지났는데, 그 실루엣은 장례식 이후로 다시는 비치지 않았다.

그 실루엣은 대체 무엇이었을까….

우리는 뒷집 할머니가 작별 인사를 하려고 오신 거라고 생각하기로 했다. 그게 아니라면 앞뒤가 안 맞기 때문이다.

하지만 그 할머니는 우리와 별다른 친분도 없고 가족 누구와도 편하게 대화하지 않았는데….

이상한 일이었다며 요즘도 가족끼리 언급하곤 한다.

투고자 **AZUSA** (여성, 독일)

침입자

대학교 연구회의 M선배가 해준 이야기.

선배가 대학교에 입학한 직후, 혼자 사는 친구네 집에 친구들 몇 명이서 쳐들어가 술을 마신 적이 있다고 한다.

그 연립은 방이 2개 있고 부엌도 별도로 딸려 있어서 혼자 살기에는 충분히 넓었다.

한창 무르익은 술자리도 심야를 지나면 지치기 마련이다. 술에 취해 한 명씩 쓰러지듯 잠드는 사람이 생겨났다.

깨닫고 보니 M선배를 제외한 모두가 이불 속에 있었다고 한다.

M선배는 술이 세지만 혼자 술을 마셔봐야 무슨 재미가 있겠는가. 어쩔 수 없이 선배도 이불 속으로 들어가기로

했다.

하지만 취했어도 정신은 말짱했다. 불을 끄고 눈을 감아도 영 잠이 안 와 한동안 어둠 속에서 멍하니 있었다.

그때… 부엌 쪽에서 삐걱, 삐걱, 누군가가 걷는 소리가 희미하게 들려왔다.

'어라? 누가 있나…?'

어둠속에서 시선을 집중해 부엌과 방을 나누는 미닫이문에 시선을 주었다. 확실히 미닫이문의 불투명 유리에는 부엌에 있는 누군가의 실루엣이 흐릿하게 비쳤다.

그 누군가는 어째서인지 부엌에서 의미도 없이 빙글빙글 돌기만 했다.

평소라면 그 시점에 뭔가 이상하다고 깨닫겠지만, M선배는 완전히 취해 있었다. 그 탓에 그 실루엣을 친구 중하나라고 생각한 것이다.

"야~, 냉장고에서 물 좀 갖다 줘!"

그렇게 외치고 말았다.

그러자 그 실루엣은 걸음을 멈추더니 미끄러지듯 유리문으로 다가왔다.

'누가, 나를 불렀나….'

그렇게 말하듯이 불투명 유리 반대편에서 가만히 이쪽을 보았다. 잠시 모두가 자는 방 안의 상황을 살피는 듯했다.

시간이 좀 지나자 또 아무 일도 없다는 듯이 부엌을 돌기 시작했다.

어떻게 생각해도 이상했지만, 상황 파악을 제대로 못한 M선배는 안 들린 줄 알고 다시 크게 소리치고 말았다.

"야, 물! 물 좀 달라니까!"

그러자 실루엣은 또 돌던 걸 멈추고 가만히 방 안을 엿보는 것이다.

하지만 이쪽 방으로 들어오지도 않고, 다시 빙글빙글 걷기 시작했다.

그런 일이 몇 번이나 반복되었다. 물을 부탁해도 가져다주지 않고 같은 일만 반복된 탓에 M선배는 결국 화가 폭발했다.

"치사한 놈! 됐다!"

큰 소리로 불평을 내뱉은 후에 잠을 자버렸다.

다음 날 아침, M선배가 숙취에 시달리며 눈을 뜨자 먼

저 뻗었던 친구들이 어째서인지 진지하게 화를 냈다. 어리둥절한 표정으로 모두에게 이유를 물었다.

"야, 인마. 그것한테 대체 왜 말을 걸었어!"

농담으로 치부하기 힘들 정도로 진지하게 따져 묻는 것이다.

자세한 사정을 듣고 M선배는 터무니없는 짓을 했다며 충격을 받았다.

베란다 쪽에서 잠을 자던 몇 명은 M선배가 큰 소리를 낸 시점에 이미 눈을 떴다.

왜 이리 시끄러운가 생각하다가 레이스 커튼 너머의 베란다에서 기척을 느꼈다.

베란다의 기척은 M선배의 외침에 호응하듯 술렁거렸다. 문득 그쪽을 보니 베란다에는 인간의 실루엣이 몇 개나 있었다. 그 정체불명의 실루엣들은 M선배의 목소리가 들린 후부터 일제히 창밖에서 방 안을 엿보는 자세를 취하고 있었다고 한다.

극심한 공포에 베란다 쪽에서 자던 친구들도 자는 척할 수밖에 없었다.

그리고 M선배와 마찬가지로 부엌 쪽에서 자던 몇 명도 선배의 고함소리에 눈을 떴다.

캄캄한 부엌을 걸어 다니는 존재도 보았지만 이쪽도 숨 죽이고 가만히 있었다고 한다.

밖에서 방 안을 엿보던 실루엣의 정체는 대체 무엇이었 을까….

워낙 성격이 태평한 M선배는, 아직도 그건 도둑이 확 실하다고 생각하는 모양이던데.

투고자 yor (여성, 도쿄 도)

달라붙은 여자

아침저녁으로 은근히 쌀쌀한 시기의 어느 저녁.

먼 옛날에는 이매망량이 나타난다는, 봉마시(逢魔が時)라 불리는 시간대에 일어난 일이다.

나는 일을 끝내고 127호선 도로를 자가용으로 달리고 있었다. 땅거미가 내리고 있었지만 아직 막히는 시간대는 아니고, 그렇다고 뻥 뚫려서 시원하게 달릴 수 있을 만큼 한산하지도 않았다.

카 라디오에서 흐르는 음악을 멍하니 들으며 평소처럼 핸들을 쥐고 있었다.

어느 신호에서 정지한 나는 기묘한 것을 목격하고 말

앉다.

너무 부자연스러운 광경이라 한순간 내 눈을 의심했다. 하지만 점점 상황 파악이 되면서 나는 온몸의 털이 곤두서는 충격을 받았다.

별 생각 없이 앞을 보고 있자니, 두세 대 앞에 아웃도어 타입의 차가 서 있었다.

그 차의 조수석 창문을 밖에서 여자가 들여다보고 있었다.

흐느적거리는 움직임으로 힘없이 서서, 조수석 창문에 얼굴을 갖다 대고 가만히 차 안을 들여다보는 것이다.

유령처럼 발이 투명하지는 않지만, 이 추운 날에 하얀 여름 원피스를 입었다.

내 차에서는 여자의 옆얼굴만 보였다. 거리도 꽤 멀었으니 세부까지는 알 수 없지만 치렁치렁 내려간 긴 머리카락은 확인할 수 있었다.

여자는 아무 말도 하지 않고, 차량의 문에 손도 대지 않고, 그저 원망으로 가득 찬 눈빛으로 차 내부를 응시하는 것처럼 보였다.

즉, 분명히 교차점에서 타려는 건 아니었다. 이상한 점이라면 운전자가 전혀 깨닫지 못한다는 것이었다. 이해할 수가 없었다.

이윽고 신호는 파란색으로 바뀌고 멈춰 있던 차들이 하나씩 움직이기 시작했다. 그리고 여자가 들여다보던 차도 아무 일 없었다는 듯이 천천히 달리기 시작했다.

운전자는 역시 여자의 시선을 깨닫지 못하는 걸까.

만약 산 사람이 자동차 옆에 딱 붙어 있다면 심각한 위험이다. 하지만 뒤에서 따라 움직이는 자동차들도 위험을 경고하는 클랙슨을 울리지 않았다.

혹시 이거 나 혼자만 목격하고 있나? 라는 생각이 들었다.

하지만 다음 순간에 내 걱정이 무의미했음을 뼈저리게 깨닫게 되었다.

엔진 소리를 내며 달리기 시작한 자동차를 따라, 여자는 마치 그 부속품이라도 되듯 밖에서 들여다보던 모습 그대로 이동했기 때문이다.

차 안에서는 여전히 아무것도 보이지 않는지 점점 속도를 올렸다. 나는 같은 방향으로 달리며 차 안을 윈도 너머로 확인했다.

살짝살짝 보이는 뒷모습으로 추측하면 남녀 둘이 타고 있는 듯했다. 그 둘에게는 바로 옆 조수석 창문에 달라붙은 여자가 안 보이는 걸까….

나는 저 이상한 일을 차 안의 사람들에게 어떤 방법으로 전해야 할지 고민했다.

그러자 내 생각이 전해졌는지, 창문을 들여다보던 여자가 천천히 이쪽으로 고개를 향했다.

쓸데없는 생각 하지 말라는 듯이….

정면에서 본 그 여자의 얼굴. 창백한 얼굴의 그녀는 붉은 입술을 꾹 다물고 뭔가 하고픈 말이 있는 듯한 표정을 지었지만, 금세 원한에 차서 눈조차 깜빡이지 않는 시선을 다시 차 안으로 향했다.

저 여자는 살아 있는 영, 즉 생령이 아닐까….

그렇다면 엄청나게 위험하다. 나는 간격을 벌려 생령이 달라붙은 차에서 멀어졌다.

하지만 어지간히 거리를 둬도, 저 앞에서 가는 차에 달라붙은 여자의 모습은 내내 시야 한구석에 남아 있었다.

투고자 **cash009** (여성, 지바 현)

태니스부의 아이

나가노 시내에서 여고를 다닌 내가 1학년 때 체험한 일.
너무 리얼해서 지금 생각해도 소름이 돋는다.

입학한 지 두 달쯤 지난 장마철의 어느 날.
연극부에 들어간 나는 가을 문화제에 대비한 회의로 늦게까지 학교에 있었다.
장마철이라 날씨가 우중충해, 아직 밤이라기엔 이른 시간이었는데도 주위는 어두웠다. 6시 반을 넘었을 때 내가 마지막으로 귀가하게 되었다.
1학년 신발장은 학교 건물 밖에 있다. 거기서 신발을 갈아 신다 보니 처음 보는 여자아이가 말을 걸었다.

"…몇 반이야?"

'엥?'이라고 생각하면서도 B반이라고 대답하자 그 아이는 나도, 라고 말했다.

'으음? 이런 애가 있었던가…?"

입학한 지 고작 두 달밖에 안 지났으니 아직 모두와 친하지는 않지만, 그래도 그 아이는 기억에 없었다.

"나는 마츠무라야. 잘 부탁해." 그녀는 그렇게 말했다.

입고 있는 유니폼을 보고 테니스부 소속이라는 건 곧바로 알 수 있었다.

하지만 도무지 얼굴과 이름이 기억에 없다.

어쩌면 2학년이나 3학년 선배일지도 모른다고 생각했다. 별로 특이한 점은 없이 그날은 무난한 인사만 하고 귀가했다.

그리고 다음 날, 평소처럼 등교하고 보니 뭔가 교실이 소란스러웠다.

무슨 일 있느냐고 묻자, 테니스부 소속인 반 친구가 거기에 끼어들었다.

"요즘 부활동을 할 때 툭하면 이상한 일이 일어나거든."

그녀는 찜찜한 표정으로 이야기를 시작했다.

바람도 없는데 공이 제멋대로 굴러가거나, 테니스 가방이 아무도 손대지 않았는데 다른 장소로 옮겨지는 등….

테니스코트는 학교 건물과 거리가 좀 있는데, 이상한 일은 언제나 테니스코트 근처에서만 일어난다고 한다.

그때 세상은 딱 호러 붐이었다. 학교에서도 재미삼아 괴담을 얘기하거나 분신사바가 유행하기도 했다.

그런 때에 타이밍 좋게 괴현상이 일어났으니 그 소문도 순식간에 퍼졌다.

얼마 후에 테니스부 고문 선생님이 진상을 알고 있을지도 모른다는 이유로 모두 함께 확인하러 가기로 했다.

나는 테니스부도 아닌데, 영감이 약간 있었던 탓에 동행하는 신세가 되었다.

하지만 아무리 캐물어도 선생님은 아무 말씀도 하지 않으셨다. 그저 히죽히죽 웃으면서 질문을 얼버무릴 뿐이었다.

그래도 호기심이 왕성한 여고생들이라, 포기하지 않고 끈질기게 선생님께 매달렸다. 이윽고 겨우 그 무거운 입을 연 선생님의 이야기에, 우리는 충격을 받았다.

우리가 입학하기 5년쯤 전. 딱 요즘 같은 장마철에 학교 근처 A하이츠의 옥상에서 투신자살한 학생이 있었다고 한다. 그리고 죽은 학생은 테니스부 소속이었다. 내가 제일 놀라고 두려워한 건 그녀의 이름….

"마츠무라라는 이름이었지." 마지막으로 선생님은 그 이름을 말하며 이야기를 끝맺었다.

그럼 내가 어제 만난 아이는…!
유령과 1대1로 대화를 해 버렸다는 건가….
"나는 마츠무라야. 잘 부탁해."
그렇게 말하던 그녀의 목소리가 머릿속에서 메아리치는 듯했다.
선생님께 진실을 듣고 호기심에 불이 붙은 반 아이들은, 모두 함께 테니스코트를 보러 가자는 말을 꺼냈다.
당연히 나도 갈 수밖에 없었는데… 역시 **보고** 말았다.

코트 안에서 라켓을 들고 혼자 덩그러니 선 그녀의 모습을….

분명 소동이 벌어질 것 같아서 반 아이들에게는 말하지 않았다.

고개를 숙이고 선 그녀는, 틀림없이 그 **마츠루라**였다.

투고자 **마오** (여성, 나가노 현)

건널목 사고

몇 년 전, 나는 어느 맨션에서 혼자 살고 있었다.

장소는 선샤인이 있는 이케부쿠로에서 토부 토조선으로 한 역 차이인 키타이케부쿠로.

키타이케부쿠로라는 동네는 이케부쿠로 바로 옆인데도 그다지 번화하지 않다.

역 근처라는 편리함과 편의점과의 거리 때문에, 다른 환경은 아무것도 보지 않고 그 맨션으로 결정한 것이다.

12월에 이사를 마무리하고 인생 첫 자취를 즐기던 때였다.

8층 건물의 6층에 있는 방으로, 베란다에서 보이는 경치는 꽤 상쾌했다. 다만 왼편에 쭉 늘어선 묘지만이 유일한 단점이었다.

놀러 온 친구들은 다들 "기분이 영…" "분명 나온다, 나와"라며 겁을 주었지만 나는 전혀 신경 쓰지 않았다.

원래 그런 부류의 이야기를 믿지 않기 때문에 마음 편하게 살 수 있었던 거겠지.

사건은 2년이 흐른 해의 여름에 일어났다.

키타이케부쿠로의 건널목에서 모녀가 전철에 치이는 안타까운 사고가 발생한 것이다. 나중에야 알았는데, 키타이케부쿠로의 건널목은 통칭 **안 열리는 건널목**이라고 불린다고 한다.

단, 나는 자전거 통근이라 그곳을 건너다니는 일이 없었기에 건널목의 불편함과는 인연이 없었다.

하지만 그 사건이 일어난 후로 뭔가가 이상해졌다.

직장 동료와 한잔하고 상당히 취해서 집으로 돌아온 날이었다. 비틀거리는 걸음으로 방에 들어와 조명을 켰다.

하지만 불이 들어오지 않았다. 이상하다고 생각해 스위치를 다시 껐다 켜도 마찬가지였다.

맨션의 공동시설에는 전등이 켜져 있었다. 물론 전기요금도 꼬박꼬박 냈다.

고장인가 싶어 껐다 켜기를 몇 번이나 반복했다. 계속 딸깍거리다 보니 겨우 켜지긴 했지만, 그때도 상태가 이상했다.

껐다 켜기를 반복한 횟수만큼 전등이 엄청난 기세로 점멸한 것이다.

전기가 통했다면 시간차로 전등이 점멸할 리가 없다.

"우와아앗!" 저도 모르게 소리를 질렀지만, 5초쯤 점멸하고 나니 정상적으로 불이 들어왔다.

잘 이해는 안 갔지만 아무튼 불이 들어왔으니 안심이 되기는 했다. 스위치가 접촉 불량이었다고 생각하기로 했다.

세면장에서 샤워를 한 후에 거울을 보며 양치질을 했다. 술에 취해 멍한 기분으로 거울을 바라보고 있자니 거울에 반사된 뒤편에 사람이 서 있는 게 보였다.

소리도 지르지 못할 만큼 놀랐다. 곧바로 뒤를 돌아보았지만 아무도 없었다. 물고 있던 칫솔이 입에서 스르륵 떨어졌다.

다시 거울 쪽으로 몸을 되돌려 보니, 등 뒤에는 아무도 없었다. 술김에 착각한 거겠지 하고 그 이상은 생각하지 않기로 했다. 다 씻고 나서, 내일도 출근해야 하니 어서 자기로 했다.

휴대전화를 충전기에 꽂고 조명을 끄고 눈을 감았다. 그때 '띠로링!' 하고 휴대전화 충전 완료를 알리는 소리가 났다.

'어라? 벌써 충전이 끝났나? 너무 빠른데….'

눈을 감고 그런 생각을 하는데, 이번에는 '띠로링! 띠로링! 띠로링! ……' 하고 계속해서 소리가 나기 시작했다.

이것도 고장인가 싶어 전화기를 충전기에서 분리했다. 하지만 소리는 멎을 줄을 모르고 끝도 없이 띠로링, 띠로링 하고 울렸다.

이쯤 되니 역시 불길한 기분이 들어, 휴대전화의 배터리를 분리해 억지로 소리를 멈추게 했다.

"좋아, 이제 자자!"

나는 음산한 기분을 떨쳐내려 크게 외친 후에 억지로 잠을 자려 했다.

하지만 시간이 지날수록 눈만 맑아지고 잠이 오지 않아, 어쩔 수 없이 일어나서 담배에 불을 붙였다. 연기를 깊이 들이마시고 천장을 바라보며 연기를 뿜었다.

고개를 위로 든 순간, 흘끔 보였다. 문 쪽에 누군가가 있다….

나는 그쪽을 보지 못하고 고개를 치켜든 자세로 굳었다. 시야 가장자리에서 문을 주시했다. 확실하다. 저기에 누군가가, 있다.

너무 무서워 그 자세로 움직이지 않으니, 그 누군가가 한 걸음, 한 걸음 다가왔다.

문에서 내가 앉은 곳까지 오려면 5초면 충분하다. 시야 구석에 있던 누군가의 모습이 조금씩 커진다.

'우와앗, 큰일이다!'

다가오는 무언가에게 저도 모르게 피우던 담배를 내던졌다. 그쪽을 보지도 않고 머리부터 이불을 뒤집어쓰고 눈을 감았다.

"어디든 좋으니 좀 가줘! 부탁이야!" 나는 이불 속에서 필사적으로 소리쳤다.

그 순간이었다. 대답 대신 삐걱… 하고 침대 스프링이 주저앉았다.

나는 패닉에 빠졌다. 이불을 내던지고 침대에서 뛰어내려와, 침대 구석으로 절대로 시선을 주지 않고 현관으로 돌진했다. 신발을 내던지고, 샌들을 대충 신고서 문 밖으로 도망쳤다.

일단 편의점으로 도망치려는 마음에 엘리베이터의 호출 버튼을 누르려 했다.

그러자 엘리베이터에 슬릿 형태로 붙은 유리에 그것이 비쳤다.

내 어깨에… 눈이 새빨간 소녀가 올라타 있었다….

기절할 정도로 무서웠다. 공포가 너무 심해 무릎이 덜덜 떨리고 목소리도 나오지 않았다.

엘리베이터가 천천히 올라올 때까지, 나는 유리 너머의 소녀와 내내 마주 보고 있었다.

이미 공포를 넘어 멍한 상태로 엘리베이터에 탔다. 어찌어찌 1층 홀로 내려와, 샌들을 신고서 쓰러지듯 맨션 밖으로 달려 나갔다.

그러자 건물 밖의 어둠에서 처음 보는 여자가 나에게 손짓을 했다. 의미를 알 수 없어 가만히 서 있자니, 내 바로 뒤에서 아까의 소녀가 달려갔다.

그제야 모든 것이 연결되었다. 건널목 사고의 모녀였구
나….

어째서 나한테 왔는지는 알 수도 없고 알고 싶지도 않다.
그런 생각을 하면서, 나는 아침이 될 때까지 편의점에
머물러 있었다.

투고자 **하루카와** (남성, 사이타마 현)

죽은 방

동창회라는 명목으로 갓 집을 산 친구 부부네 집에서 모인 적이 있다.

그때 겪은 무시무시한 체험이다.

고급주택가 한가운데에 있는 그 맨션은 세련된 외관에 보안 설비도 철저한 멋진 건물이었다.

나는 생각보다 일찍 도착한 탓에 친구 남편이 오토록이 걸린 로비 입구를 열어주었다. 고급스러운 로비에서 엘리베이터를 타고 친구가 알려준 층까지 올라갔다. 엘리베이터는 소리도 없이 그 층에 멈추더니 스윽 문이 열렸다.

그 순간, 어째서인지 나는 표현하기 힘든 위화감을 느꼈다.

엘리베이터에서 한 걸음 내디딘 것만으로 플로어에 가득 찬 공기가 이상하다는 걸 알았다. 그뿐이 아니다. 내 눈에 검은 안개가 보인 것이다.

플로어는 무거운 공기가 떠도는 데다 먹물처럼 검은 안개가 끼어, 앞에 있는 친구 집 현관도 보이지 않을 정도였다.

내가 멍하니 서 있자니 그 집 남편이 문을 열고 나와 주었다. 그제야 거기가 현관이라는 걸 알 수 있을 정도로 짙은 안개가 소용돌이쳐 음산함을 자아내고 있었다.

"아아, 잘 왔어! 어서 들어와."

당연하게도 남편은 안개가 보이지 않는 모양이었다.

"아, 응. 그럼⋯."

자칫하면 잠길 듯한 목소리로 인사하고 현관으로 들어갔다.

실은 나는 그때 실내의 공간 배치를 보고 오한이 일었다.

나는 건설회사에 친구가 있기도 해서, 건물마다 반드시 '죽은 방'이라는 게 존재한다는 사실을 알고 있었다. 맨션의 경우 각 층에 한 호는 설계상 '죽은 방'이 만들어지는 것을 피할 수 없다. 즉, 방위가 귀문에 해당하는 방이다.

친구 부부네가 딱 그것이었다. 원래는 안쪽에 있어야 하는 침실이 현관문 바로 오른쪽에 있다. 반대로 현관 옆에 있어야 하는 욕실, 화장실이 안쪽에 있는 것이다.

풍수를 완전히 무시한 공간에 나는 할 말을 잃었다. 현대의 합리주의는 이런 걸지도 모르지만, 설계…가 너무나 불길했다.

아니나 다를까, 나는 보고 말았다.

현관으로 들어가서 왼쪽에 있는 서재. 그 입구에 **남자아이**가 고개를 숙이고 서 있었다. 이 부부에게 아이는 없다.

'아아, 이건 말하지 말아야지….'

남편에게는 **남자아이**에 대해 말하지 않고, 나는 그 아이를 모르는 척 보지 않으려 노력하면서 안쪽 리빙룸으로 향했다.

모두가 삼삼오오 모여서 왔기에 분위기는 금세 떠들썩해졌다. 즐거운 분위기 속에서 시간은 흐르고, 그대로 근처 레스토랑으로 식사를 하러 갔다.

물론 나는 분위기를 망가뜨리면 안 된다는 생각에, 최선을 다해 옛날이야기 따위에 맞장구를 쳤다.

식사를 마치고 우리는 다시 친구네 집으로 돌아갔다.

다들 와인을 꽤 마셔 더욱 기분이 좋아졌지만, 나만은 괴이를 몇 개나 본 탓에 좀처럼 취할 수 없었다. 남자 동창 하나가 술김에 "좋아, 그럼 이제부터 방을 하나씩 구경해볼까!"라고 선언했다. 비틀비틀 일어서서 억지로 하나씩 방문을 열었다. 다른 사람들도 장난기가 발동해 그의 뒤를 따랐다. 나도 어쩔 수 없이 모두를 따라갔다.

여전히 **남자아이**는 어둑한 서재 앞에 서 있었다. 다들 그 아이를 보지 못하니 전혀 의식하지 않고 서재의 문을 열고는 전등 스위치를 켰다.

밝은 조명 때문인지 아이의 그림자가 환영처럼 옅어졌다. 하지만 사라지지는 않았다.

사실을 말하자면, 나는 **남자아이**가 눈에 보이더라도 의식 어딘가에서 착각이라고 믿으려 노력했다. 그 존재를 믿고 싶지 않기 때문이다.

다음으로 들어간 서재 건너편 침실에서, 보고 싶지 않은 것을 보았다. 설마 **그것**이라는 생각은 안 했지만….

세련된 양초접시에 얹어진 것….

그것은 소금이었다.

분위기와 전혀 어울리지 않는 원뿔형 소금. 하지만 그런 의미심장한 물건에는 누구도 신경 쓰지 않는 듯했다.

방들을 쭉 둘러본 후에, 모두는 리빙룸으로 돌아왔다.

한참 떠들던 시간도 지나고 조용히 향기로운 커피를 마시던 때, 아내 쪽에서 곤란한 듯이 이런 얘기를 꺼냈다.

"저기, 이 중에 혹시 영감 있는 사람 없어?"

너무나 의외의 질문이었기에 한순간 모두 입을 다물고 얼굴을 마주 보았다.

그리고 다음 순간, '애도 아니고 무슨…'이라며 웃음을 터뜨리고 말았다.

아내도 바보 같은 질문이었다며 쓴웃음을 지었다.

하지만 나는 느낌이 왔다.

"어째서 그런 걸 물어본 거야?" 진지하게 되물었다.

그러자 그 질문을 기다렸다는 듯이, 부부가 나란히 터무니없는 이야기를 시작했다.

영감이 강한 아내의 고모님이, 여기에는 뭔가 있을지도 모른다고 말씀하셨다고 한다. 그 말이 내내 신경 쓰였다는 모양이다.

우리들 중에 영감을 가진 사람이 있다면, 고모님이 '여기' '저기'라고 지적한 장소에 무엇이 있는지, 무엇이 느껴지는지 알려주면 좋겠다고 진지하게 말했다.

하지만 산 지 얼마 되지도 않은 맨션인데, 안다고 해도 도저히 지적할 수 없다.

"으음~, 그건 좀…."

내가 말을 흐리며 난처해하자, 아내가 다시 질문했다.

"말해 줘. 뭐가 있긴 한 거야? 아는 거지? 저 일본식 방에 뭐가 보여?"

"아니, 저기에선 아무것도 안 보이는데…."

나는 대답이 궁해졌다.

"그럼 어디에 보이는데? 이 집 여기저기에 있단 말야"라고 필사적으로 물었다.

"야, 이상한 얘기에 맞장구치면 안 돼!" 남자 동창이 충고했다.

그러자 이번에는 남편이 대화에 끼어들었다.

"아니, 정말로 여기저기에 있다니까! 안다면 알려줘! 안 그러면 대처할 방법이 없잖아…."

공기가 날카롭게 변했다. 나는 어쩔 수 없이 입을 조심스럽게 열었다.

"실은 엘리베이터에서 내리자마자… 검은 안개가…."

"맞아! 그거! 고모도 같은 말씀을 하셨어. 다른 건? 알려 줘! 응?"

아내가 몸을 내밀었다. 일이 이렇게 되었으니 말할 수밖에 없다.

"서재 앞에… 남자아이가 있어. 하지만 나쁜 짓을 하진 않아. 분명 자식 복은 있을 거야."

최선을 다해 농담해보았지만 누구도 웃지 않았다.

구체적으로 어디에 있는지 알려달라기에, 나는 모두와 함께 서재 앞으로 가서 아이가 어디에 있고 키는 어느 정도인지 자세하게 알려주었다.

다들 침묵했다. 누구도 보이지 않으니 내가 가리키는 곳 주변을 찜찜한 표정으로 집중해서 볼 뿐이었다.

"저기, 욕실은 어때?"

"없어. 깨끗해." 있는 그대로 말했다.

"그럼 서재 반대쪽 침실은?" "응, 거기. 그걸 듣고 싶어."

이번에는 부부가 입을 모아 물어보았다.

"어째서? 왜들 그러는데! 새로 산 집인데 이 이상 어떻게 말하라는 거야!"

도저히 견디지 못하고 나는 그렇게 소리쳤다.

"그래, 적당히 좀 해!"

여자 동창들도 도를 넘었다고 생각했는지 불만스러운 표정으로 항의했다.

아내는 한숨을 한 번 푹 내쉬고서 조용히 말을 이었다.

"2주 전에 정말 심각한 일이 있었어…. 그러니 부탁이야, 알려줘!"

나는 부부의 진지함에 꺾였다. 먼저, 내내 신경이 쓰이던 점부터 물어보았다.

"저기, 침실에 들어갔을 때 놓인 그거 소금이야? 설마 아닐 거라고 생각하지만."

"맞아, 소금! 귀신 쫓는 소금이야. 고모가 놓고 가셔서…."

부부는 그 방에 무엇이 있는지 보고 싶다고 부탁했다.

어쩔 수 없이 나는 마음을 단단히 먹고 함께 침실로 향했다.

"불이 켜져 있으면 알 수 없어. 조명을 꺼봐."

남편이 문 바로 옆에 있는 스위치를 조작하자 조명이 꺼졌다.

"껐어…. 봐줄래?"

"그럼 처음에는 내가 혼자서 볼 테니까, 다들 복도에서 기다려."

나는 복도에 모두를 남기고 다시 침실로 들어가려 했다. 그 순간이었다. 믿을 수 없는 일이 일어났다.

그것은 '냄새'였다.

모두가 있는 복도에 검은 안개가 피어오르는 것과 동시에, 구토를 유발하는 피비린내가 감돌기 시작한 것이다.

영이 있을 때는 냄새가 난다… 라는 이야기를 들은 적이 있지만, 나 자신은 전혀 경험이 없었다.

"지독해! 뭐지…, 이게…."

나는 너무나 불쾌한 냄새에 두 손으로 코를 막았다. 하지만 다른 사람들은 상황을 몰라 어리둥절한 표정이었다.

검은 안개는 들어가려던 침실 문틈에서 흘러나오고 있다는 걸 알았다. 침실을 보려 문 쪽으로 한두 걸음 걸어갔다.

그때, 갑자기 진로를 가로막듯 문 앞에서 여자가 스으윽 하고 나타났다.

그 여자는 삼십 대 후반쯤 되어 보였다. 무엇보다도 처참한 것은, 흰 바탕에 검은 물방울무늬 원피스를 입고 있었지만 얼굴에서 허리춤까지는 엉망으로 난자당해 피범벅이라는 점이었다.

너무나 처참한 모습이었기에, 견디지 못한 나는 모두를 밀치고 리빙룸으로 도망쳤다.

몇 번이나 심호흡을 하고 마음을 진정시켰다. 다른 사람들도 나를 쫓아 여기까지 돌아왔다.

"…저 침실, 미안한데 역시 불 좀 켜줘! 안 그러면 못 들어가!"

나는 복도에서 무엇을 보았는지 숨기고 그 말만 전했다.

그래도 부부는 보통 일이 아니라는 사실을 직감했다. 둘은 아무것도 못 보았으면서도 얼굴이 창백해졌다.

"자, 자세하게, 알 수 있을까? 불 켤 테니까, 다시 한 번 봐주지 않을래?"

떨리는 목소리로, 발을 뺄 수 없는 분위기로 부탁했다.

"응… 알았어. 조금… 무섭긴 하지만."

나는 정말로 무서웠다.

남편이 침실 조명을 켜고서 돌아왔다.

뭔가를 끌고 왔는지, 남편이 돌아옴과 동시에 내 어깨가 무거워지고 엄청난 고통이 느껴졌다.

나는 마음을 굳게 먹고, 다시 한 번 복도로 나왔다.

검은 안개는 흐릿해지고 여자는 이미 문 앞에선 보이지 않았다. 천천히 주위의 기척을 확인하며, 나는 문제의 침실로 들어갔다.

실내는 조명이 들어와 훤했다. 문 바로 옆에 있는 소금을 곁눈질로 확인하고 방 안쪽으로 시선을 옮겼다.

그러자, 안쪽 천장 구석에 아까의 여자가 있었다.

…목을 매단 모습으로.

나는 그녀를 못 박힌 듯이 바라보았다. 신기하게도 대화를 나누지도 않았는데, 그녀에게 무슨 일이 일어났는지 이해할 수 있었다.

서너 명의 괴한에게 폭행을 당해, 칼로 마구 찔린 데다 마지막에는 입막음으로 나무에 매달아진 듯했다. 하지만 그녀와 남자아이의 관계는 알 수 없었다. 모자지간인지, 우연히 혼길이 열려서 흘러들어왔는지….

나는 마음속으로 손을 모으고 묵도를 했다. 그리고 그 방으로 모두를 불렀다.

나는 본 것을 숨기거나 줄이지 않고 그대로 이야기했

다. 다들 굳은 표정으로 귀 기울여 들었다. 내 이야기가 끝나자 남편이 이야기를 뒷받침하는 이야기를 고백했다.

"그렇구나…. 이제야 전부 앞뒤가 맞는 것 같아. 2주쯤 전부터 침대에 누우면 새벽에 가위에 눌리거든. 그저께는 자고 있는 내 머리 옆에서 '살려주세요! 살려주세요!'라고 힘없이 소리치는 목소리가 들렸어. 그것만이 아니라, 여자의 얼굴처럼 생각되는 게 다가왔거든…."

"어떻게 알았어? 여자의 얼굴이라는 건…?"

나는 분명 저 여자라고 확신하며 물었다.

"모르겠어…. 모르겠지만 그런 분위기였어. 설명은 하기 힘드네…."

충격을 받아 어깨를 늘어뜨린 남편은 꺼져 들어가는 목소리로 말을 끝맺었다.

대화를 듣던 모두의 안색은 창백했다. 입에 손을 가져다 대고 떨림을 참는 사람도 있었다.

다소 영감이 있다고는 해도 나도 이 정도로 심각한 일은 처음이었다. 역시 이 집에는 혼길이 있는 걸까. 그것만이 유일하게 납득할 수 있는 해석이었다.

매일 정화의 소금과 신주(神酒)를 바꾸라고 충고하고

우리는 맨션에서 나왔다. 다시는 저 집에 가고 싶지 않다고 속으로 생각하면서….

투고자 오자사하라 마리 (여성, 후쿠오카 현)

聽

익숙하게 듣던 소리가 패닉을 일으키는 공포로 변모한다.

노이즈 사이로 흘러오는, 들려서는 안 되는 이계의 소리.

고였던 냉기가 느닷없이, 고막 밑바닥에서 악의를 드러낸다.

너스 스테이션

내가 간호사로 일하던 시절의 당직날 밤.

심야 순찰을 끝내고 너스 스테이션으로 돌아온 직후의 일이었다.

똑똑… 똑똑…. 누군가가 조심스럽게 문을 노크했다.

환자가 왔나 싶어서 '예!'라고 대답하고 곧바로 문을 열었다. 하지만 문 밖에도 복도에도 사람은 없었다. 형광등이 어두침침하게 빛날 뿐이었다.

기분 탓이라고 생각하고 수면실에서 쉬려고 했다. 그때….

똑똑! 아까보다 강하게 노크하는 소리가 들렸다.

다시 한 번 잠긴 문을 열었지만 이번에도 아무도 없었다.

'아하, 환자 중에 누군가가 장난을 치고서 숨은 거구나….'

나는 그렇게 생각하고, 가만히 너스 스테이션의 문 안쪽에 서서 복도의 상황을 엿보려 했다.

누가 또 노크를 한다면 즉시 튀어나가서, 잡아다가 딱 부러지게 주의를 주려는 생각이었다. 너스 스테이션에서는 시곗바늘 움직이는 째깍거리는 소리와, 의료기기가 동작하는 모터 소리만 낮게 울리고 있었다.

팽팽한 긴장감 속에서 외부의 기척에 가만히 귀를 기울이고 있자니, 갑자기,

철컥철컥, 철컥철컥철컥!

손잡이가 격한 소리를 내며 좌우로 날뛰듯 움직였다.

누군가가 억지로 들어오려 하는 걸까. 그렇다면 조금 무서운 기분이 들었다.

단, 문은 잠겨 있으니 아무리 힘을 줘서 손잡이를 돌려도 열릴 일은 없다.

그러니 괜찮을 거라고 안심하고 문 옆의 작은 창으로

밖을 엿보았다.

이 심야에 대체 누가 난폭하게 손잡이를 돌리는지, 규정상으로도 문제가 있다.

하지만 어두운 조명의 복도에도 문 근처에도… 아무도 없었다. 아무도 없는데 손잡이 혼자 멋대로 덜컹거리며 돌아갔다.

'뭐지! 대체 어떻게 된 일이지…?'

내가 당황하고 있자니 소리를 듣고 이상을 깨달았는지 잠을 자던 동료가 다가왔다. 이상하다는 표정으로 나와 손잡이를 번갈아 바라보며 걸어왔다.

동료가 문고리를 만지려 한 순간. 예상했다는 듯이 갑자기 손잡이의 움직임이 멎었다.

우리는 당황해서 서로의 얼굴과 손잡이를 번갈아 보기만 했다. 주뼛거리며 문을 열어도 어두운 복도만 보이고 사람은 없었다.

"휴우, 우리 분명 일을 너무 많이 해서 지친 거야…."

무서우니 억지로라도 농담을 던지며, 우리는 수면실로 향했다. 물론 문은 확실하게 잠그고서.

잠시 지나자 이번에는 누군가가 너스 스테이션에 들어오는 기척이 느껴졌다.

심장 박동이 순식간에 빨라졌다. 문은 잠가놓았다. 분명 누구도 들어오지 못할… 텐데.

나는 결심을 하고 침대에서 일어나, 수면실 커튼을 확 걷었다. 아무도 없다….

너스 스테이션에는 파르스름한 형광등 불빛만 떠돌고 있었다.

혹시 아까 손잡이를 돌리던 사람이 침입해서 어딘가에 숨어 있을 가능성도 있다. 동시에 그렇게 생각한 우리는 괴이와는 다른 공포를 느꼈다. 손끝에서 온몸으로 닭살이 퍼졌다. 커튼을 걷어 보니 좁은 방에는 아무도 없었고, 여긴 숨을 장소도 없다.

이 이상 너스 스테이션에 있는 건 좋지 않다는 기분이 들었다. 우리는 도망치듯 수면실로 돌아가, 이불을 머리 끝까지 꼼꼼하게 덮었다.

하지만 아무리 필사적으로 자려고 해도 스테이션이 신경 쓰여 잠이 오지 않았다. 누군가가 들어온 기척. 그건 기분 탓이었기를 바라며 눈을 꽉 감았다.

쿵쾅거리는 심장 소리가 너스 스테이션에까지 들릴 정도로 크다. 공포를 지우듯 크게 심호흡하고 몸을 움직이려 했다.

지직… 지직, 지지직….

이번에는 뭔가를 질질 끄는 듯한 메마른 소리가 너스 스테이션에서 들렸다.

'뭐지… 이건, 무슨 소리지…?'

나는 이불 속에서 필사적으로 소리의 정체를 상상했다.

가장 비슷한 이미지는 신문지. 젖은 신문지를 질질 끄는 소리와 비슷했다.

하지만 대체 누가? 어째서 신문지를…?

문이 잠긴 너스 스테이션에, 어디선가 들어온 **뭔가**가, 신문지를 끌며 걸어 다니고 있다.

그런 바보 같은 일이 있겠나 싶어 엉뚱한 상상을 지웠다. 하지만 저 소리는… 대체?

우리를 지켜주는 것은 단 한 장의 얇은 커튼. 그 바로 건너편에 뭔가가 있다, 지직… 하는 크고 작은 소리가 내내 이어졌다.

우리는 교대하는 동료가 출근할 때까지 긴 시간을 견뎠다.

그것이 사람이라면 스테이션의 형광등 불빛을 받아 커

튼에 그림자가 생겼을 것이다. 하지만 실루엣은 단 한 번도 보이지 않았다.

대체 무엇과 맞닥뜨린 걸까…, 우리는.

투고자 **ponta** (여성, 홋카이도)

유품

아내가 결혼 전에 친정에서 체험한 소름끼치는 일이다.

아내의 친정은 산 중턱에 덩그러니 세워져 있다.

다른 민가도 있지만, 각각의 집마다 높은 나무들이 주위를 에워싸고 있는 데다 산 중턱이다 보니 표고도 제각각이다.

그래서 인가라고는 하지만 낮에 생활소음은 물론이고 밤에도 불빛을 볼 수 없다. 그야말로 정적에 감싸인 산속 외딴 집이라는 느낌이다.

그런 조용한 날들을 망가뜨리듯 이변은 갑자기 일어났다.

"…어? 지금 소리는 뭐지?"

어느 날을 경계로, 아내가 집에 혼자 있을 때만 2층의 남동생 방에서 삐걱거리는 소리가 들리기 시작했다.

물론 동생은 집에 없고, 다른 누가 있을 리도 없다. 아무도 없는 방에서 누군가가 살금살금 걷는 발소리가 들리는 것이다. 게다가 밤낮 가리지 않고.

처음에는 모르는 사이에 동생이 들어온 줄 알았다. 하지만 확인하려 2층에 올라가 보면 발소리는 쥐죽은 듯 사라지고 방은 싸늘한 정적만이 감돌아, 아무도 없는 건 물론이고 인기척조차 없었다.

그런 이해할 수 없는 일이 며칠이고 계속되었다.

점점 아내는 혼자 있기가 무서워 견디기가 힘들어져 갔다.

삐걱… 삐걱삐걱삐걱, 삐걱삐걱….

그날도 2층에서 그 으스스한 발소리가 들렸다.

귀를 틀어막고 싶어지는 공포…. 눈을 치켜뜨고 천장을 쳐다보며, 겁에 질린 와중에도 답을 찾아 시선을 헤맸다.

공포에 짓눌리기 직전, 아내는 직감적으로 원인을 깨달았다.

'아, 혹시, 그것 때문인가….'

동생의 방에는 찌그러진 오토바이 연료 탱크가 놓여 있다.

교통사고로 죽은 동생의 오토바이 동료가 남긴 유품이라고 한다.

당연히 그 부품은 동생의 친구가 사고사했을 때 타던 오토바이에서 나왔다. 생각할 수 있는 결론은 하나밖에 없었다.

…저 탱크에 비명횡사한 친구의 한이 깃들어 있는 게 아닐까.

친구의 탱크를 유품으로 삼은 동생에게 고맙다고 말하려 나타나는 걸까. 그렇다면 동생이 있을 때 나타나면 될 테고, 뭔가 메시지를 남길 텐데.

아내는 동생에게 이제까지의 이변을 숨기지 않고 이야기했다. 잠자코 듣던 동생은 거기에 수긍하고, 유품인 연료 탱크는 죽은 친구의 부모님께 돌려드리기로 했다.

그날 이후, 동생의 방을 걸어 다니는 발소리는 완전히 사라졌다.

아내는 진심으로 떨면서 생각했다고 한다.

만약 조금만 더 늦었더라면 동생은 저세상으로 끌려갔을지도 모른다고.

투고자 **후루카와 신고** (남성, 아이치·현)

신사 안쪽에서

초등학생 시절, 나는 나라 현에서도 시골 지역에서 살고 있었다.

학교가 끝나면 산이나 강이나 밭을 무대로 매일매일 마음껏 뛰놀았다.

부모님의 시끄러운 잔소리 따위를 들을 리가 없다. 해가 산 너머로 기울고 땅거미가 순식간에 내리는 때가 되어서야 허둥지둥 집으로 돌아와 부모님께 따끔하게 혼나기를 반복했다.

초여름의 어느 날, 우리는 근처 이발소의 개랑 놀고 있었다. 개는 언제나 묶여 있었기에 불쌍하다고 생각해, 가게 아저씨한테 얘기하고 산책하러 데리고 나갔다.

개는 해방감을 느끼는지 목줄을 힘차게 잡아당기며 걷기 시작했다.

친구와 셋이서 어디를 산책하면 좋을지 의논한 결과, 산으로 가보자는 얘기가 나와 근처 뒷산으로 향했다.

그 산 안쪽으로는 아직 한 번도 가보지 않았다. 초등학교 2학년에게는 모험하는 기분도 약간은 들었다.

날씨도 좋았고, 무엇보다 개와 함께였기에 조금도 두렵지 않았다.

우리는 계속해서 산속 깊이 들어가, 한참 땀을 흘렸을 때쯤에는 전망이 좋은 장소에 도착했다.

마을 뒷산이라 해발은 낮지만 나무들 사이로 보이는 경치가 훌륭해, 서쪽 하늘로 지는 태양이 구름을 붉게 물들이는 모습을 질리지도 않고 바라보았다.

그 탓에 또 귀가하는 시간은 늦어지게 되었는데….

아직 해가 완전히 저물지는 않아서 빛에 의지할 수 있었다. 집에 가려고 서둘러 산길을 내려가니, 곁길로 이어진 낡은 신사가 보였다.

이런 곳에 신사가 있다는 건 처음 알았다. 유서 깊어 보이는 훌륭한 곳이었지만 참배객이 적은지 상당히 황폐

했다.

고요한 가운데 쏴아아아 하고 우듬지를 흔드는 바람만 불었다. 해는 다 저물었는지 경내에는 짙은 어둠이 깔리고 있었다.

하지만 어린 우리는 아직 더 놀고 싶었는지, 개를 나무에 묶어놓고 토리이 위에 얹어진 돌을 보고는 우리도 하겠다며 돌 던지기 놀이에 열중했다.

아무 소리도 나지 않는 숲 속. 산의 정적과 주위의 어둠이 갑자기 무섭게 느껴졌다.

산에 있는 동안 누구와도 마주치지 않았다. 몸이 떨리는 건 추위 때문이 아니었다.

"이제, 집에 가야….."

둘이서 그렇게 생각했을 때, 마을에서 바람을 타고 아이들의 귀가를 재촉하는 동요 방송이 들렸다.

갑자기 우리는 형용할 수 없는 공포에 사로잡혔다. 개의 목줄을 나무에서 풀어 신사에서 나가려던… 바로 그 순간.

신사 안쪽에서, 차륵… 차륵차륵….

자갈을 밟으며 다가오는 뭔가의 발소리가 들렸다.

하지만 발소리만이 아니었다.

신사인데도 어째서인지 독경처럼 낮고 탁한 목소리가 들렸다.

기슭에서 들리던 방송과 교대해, 땅바닥에서 스멀스멀 피어오르듯 기분 나쁜 목소리였다. 마치 귀가 아니라 머릿속에 직접 닿는 듯했다.

"뭐지…? 이건, 대체 뭐야…."

우리는 공포로 머릿속이 새하얘졌다. 도망치지도 못하고 얼어붙듯 그 자리에 우두커니 서 있었다.

대체 신사의 어둠 속에서, 무엇이 나타나려는 걸까.

우리는 가위에 눌린 것처럼 움직이지도 못하고 소리가 나는 방향을 응시했다.

인내심이 한계를 넘어 절규하려 한 순간. 데리고 온 개가 갑자기 우리를 잡아당겼다.

꼬리를 뒷다리 사이에 넣고 필사적으로 도망치려 하고 있었다. 개도 완전히 겁에 질렸다.

마치 저주에서 해방된 것처럼 우리는 개를 앞장세워 뒤도 돌아보지 않고 뛰었다.

어둠속에서 뭔가가 각성해 아직도 우리에게 매달려 있는 것 같았다. 심장이 파열할 기세로 전력 질주했다. 개도 본능적인 공포를 느꼈는지 힘겹게 헥헥거리면서도 절대로 속도를 늦추지 않았다.

발이 꼬일 정도로 달려, 간신히 산을 내려와 마을로 돌아올 수 있었다.

거기에는 낯익은 시골 풍경이 펼쳐져 있었다. 농로를 느긋하게 달리는 경트럭을 멀리서 보고 살았다고 생각했다.

그 순간에 급히 달려와 우리를 구해준 개를 칭찬해주려 했지만, 개는 아직 공포와 흥분에 사로잡혀 자신의 집인 이발소로 당장이라도 돌아가려 했다.

우리는 대체 무엇과 맞닥뜨린 걸까….

개가 그렇게까지 겁내고 필사적으로 도망치려 한 것이란… 대체 무엇이었을까.

투고자 YUKO (여성, 도쿄 도)

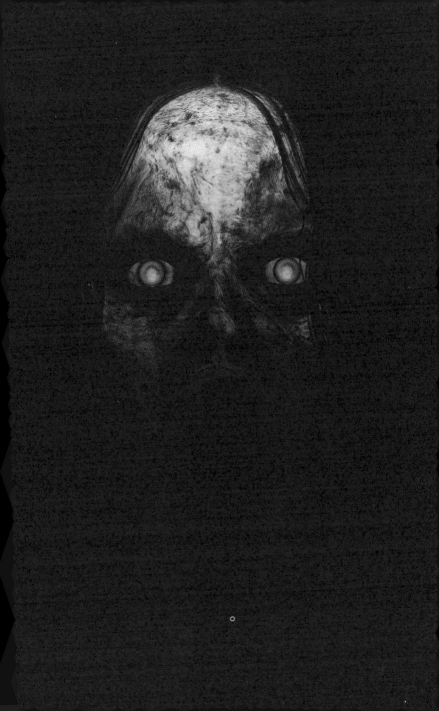

감실

이제 와서 생각하면 그것은 영적인 일과 관련이 있을지도 모른다….

내 아이들이 아직 어릴 때 겪은 일이다.

둘째 아들이 태어나기 전에 어떤 연립으로 이사를 했다. 그때 첫째는 두 살로, 활발하게 돌아다니는 대단히 건강한 남자아이였다.

그 연립에서 살기 시작한 해 여름에 가족끼리 바다로 놀러 갔는데, 돌아와서 얼마 지나지 않아 첫째가 심한 설사와 고열을 앓았다.

남편이 곧바로 병원으로 데리고 갔지만 의사는 고개만

갸웃거리며 원인을 알 수 없다고 말했다. 증상은 점점 악화되어, 의사에게 이제 가망이 없는 것 같으니 마음의 준비를 하시라는 말을 들었다.

그때 나는 만삭의 몸이었기에 병원에는 갈 수 없었다. 나중에야 그런 절망적인 이야기를 들은 것이다.

하지만 아슬아슬한 시기에 패혈증임이 판명되어, 늦지 않고 극적으로 목숨을 건졌다.

그리고 얼마 후, 그런 난리를 싹 지워버리듯 둘째가 태어났다.

둘째는 쑥쑥 자라 뛰어다닐 수 있는 정도가 되었다. 근처 공원에서 매일 활기차게 놀면서 돌아다녔다. 활기찬 건 좋은 일이지만, 둘째는 자전거나 미끄럼틀에서 넘어져 얼굴만 세 번이나 크게 다쳤다.

그때는 아무런 의심도 하지 않고, 얼굴만 다치는 건 우연의 일치라고 생각했다.

물론 예전에 첫째가 병으로 생사를 헤맸던 일과 연관을 짓지도 않고, 아이들한테 재난이 많다는 생각 정도밖에 하지 않았다.

결국 그 집에서 6년을 살고 이사했다. 우리 바로 다음에도 아이가 있는 부부가 입주했다.

나중에 들은 이야기로는, 그 부부의 아이도 갑자기 원인불명의 고열을 일으키는 등 힘든 일이 많았다고 한다.

게다가 밤에 모두가 조용히 자고 있으면 지붕 밑에서 덜걱거리는 소리가 났다고 한다.

쥐라고 보기에는 음원이 특정한 장소에만 머물러 있다. 게다가 작은 동물이 뛰어다닐 때 나는 쿵쿵쿵… 하는 가느다란 소리와도 어딘지 달랐다고 한다.

어딘지 메마른, 생기가 느껴지지 않는 소리라고 해야 할까.

그게 매일 밤 이어지다 보니 부부는 불길한 기분을 느껴, 소리의 원인을 찾으려 지붕 밑을 육안으로 확인했다.

먼지와 거미줄투성이인 캄캄한 지붕 밑. 회중전등의 둥근 빛이 소리를 내는 원인을 탐색한다.

잘 때 매번 소리가 나는 장소를 노려 빛을 댔다.

…찾았다! 믿기 힘든 물건이 거기에 있었다.

그것은 낡은 감실이었다.

원래는 흰색이었을 감실은 때가 타고 먼지투성이가 되어 버려진 것처럼 보였다.

하지만 지붕 밑에 감실을 버리는 사람이 과연 있을까. 상상하고 싶지도 않지만, 어쩌면 이건 무언가를 진정시키려 누군가가 안치한 것이 아닐까.

그 낡은 감실이 밤마다 덜덜 떨린다. 믿기 힘든 불가사의한 현상이 지붕 밑에서 일어났다는 뜻이다.

생각해보면 우리가 살던 때에도 지붕 밑에서는 언제나 소리가 났다.

나는 무심하게 쥐가 밤마다 시끄럽다고만 생각했다. 모르는 게 약이라는 말은 이럴 때 써야 하리라.

감실이 소리의 원인이라는 게 판명되자, 그 부부는 정성스럽게 불제를 드리고 그 집에서 이사했다.

그런 일이 있은 후, 그 동네 사람에게서 들은 진상은 심각했다.

우리가 그 집으로 이사하기 전에 살던 부부는 갓난아이가 죽었다고 한다.

그게 끝이 아니다. 그보다 전에 살던 부부도 마찬가지로 아이가 죽었다고 한다.

아이의 불행이 연달아 발생하는 연립의 그 집. 주위에서는 몇 년 단위로 한 번씩 나오는 작은 관과 장례식에는 뭔가 불길한 원인이 있을 거라는 소문이 돌았다고 한다.

끊임없이 일어난 불행한 일들. 지붕 밑에 있었던 감실과 그 끔찍한 일들의 연관성은 여전히 수수께끼다.

하지만, 그럼 거기에 감실은 왜 놓여 있었는가….

감실은 왜 매일 밤 덜걱거리는 소리를 냈는가.

이제는 모든 진상이 어둠에 묻혔지만, 지은 지 사오십년 되었다는 그 건물은 그렇게 낡았으면서도 수수께끼를 품은 채 여전히 자리를 지키고 있다고 한다.

투고자 **츤츤** (여성, 가나가와 현)

벽 안

사건의 시작은 먼 시골에서 혼자 사시는 할머니에게서
걸려온 전화였다.

투기꾼이 괴롭혀서 힘들다, 빨리 좀 와서 쫓아내다오,
라고 아버지에게 말한 것이다.

이야기에 따르면, 잠을 자지 못하게 밤에 벽을 두드리
거나 집을 비운 사이에 생선이나 된장을 훔쳐가거나 한다
는 것이다.

하지만 투기꾼이 생선이나 된장을 훔쳐간다는 이야기
는 들어본 적이 없다.

당시 할머니는 칠순을 넘으셨기에, 아버지는 진지한 하
소연을 듣고도 '아아, 슬슬 치매가…'라며 반신반의했다.

그래도 할머니가 어떻게든 해달라고 몇 번이고 애원하기에, 계속 내버려둘 수도 없었다.

바쁜 아버지는 자기 대신 여름방학 중이던 우리 사 형제를 귀성도 겸해서 보낸다고 말해 할머니를 납득시켰다.

물론 우리가 할머니의 그런 묘한 이야기를 믿은 건 아니다.

그래도 기꺼이 시골로 간 건, 부모님의 감시에서 벗어나 좋아하는 수박을 마음껏 먹을 수 있다는 단순한 이유였다.

하지만 금세 그건 허술한 생각이었음을 뼈저리게 알게 되었다….

시골 할머니 댁에 도착한 날 저녁, 6시를 조금 지났을 때쯤.

아침에 일찍 깨시는 할머니는 이미 잠자리에 드셨지만, 우리 형제는 대망의 수박을 마음껏 먹으며 멍하니 텔레비전을 보고 있었다.

그러자… 지붕 위를 고양이인지 뭔지가 뛰어다니는 발소리가 들리기 시작했다. 아무튼 시골이니 고양이가 제멋대로 밖을 활보하는 일이야 딱히 드물지도 않았다.

잠시 지나, 지붕의 기와를 타타타탁 울리며 분주하게 뛰어다니던 고양이는, 서서히 속도와 범위를 함께 넓혀갔다.

우리는 수박을 든 채로 아연하게 천장을 바라보고 있었다.

그러다가 드디어 고양이는 **벽 안**에서 달리기 시작했다.

아무리 그래도 고양이가 벽을 수직으로 달릴 수 있을 리가 없다. 게다가 방금 전만 해도 지붕을 달리던 녀석이 어디를 통해 벽 안으로 들어갔다는 말인가.

타타타타타타탓, 타타타타타타탓….

엄청난 속도였다. 도저히 고양이 발소리라고 생각할 수 없었다.

그 이변 도중에, 우리는 투기꾼이 벽을 두드리는 소리를 낸다던 아버지의 말을 떠올렸다.

하지만 벽을 종횡무진으로 뛰어다니는 괴상한 소리는, 인간이 벽을 두드리는 의도적인 소리와 달리 훨씬 이상하고 기분 나쁜 것이었다.

타타타타타타탓, 타타타타타타탓….

우리는 한순간도 쉬지 않는 괴음에 사방을 포위당하고 말았다.

장에서 이불을 꺼내어 머리끝까지 덮었다. 몸을 서로 밀착해서 이 이상한 사태를 그저 견딜 수밖에 없었다.

여름인데도 이불을 덮은 몸이 싸늘했다. 누구도 입을 열지 않고 밀려드는 공포에 몸을 움츠리고만 있었다.

소리는 한 시간 정도 이어졌을까, 더는 못 견딘다고 생각했을 때 소리는 거짓말처럼 뚝 그쳤다.

다시 큰 텔레비전 소리가 돌아와 우리는 진심으로 안도했다.

그건 대체 무엇이었을까…?

다음 날 도망치듯 돌아온 우리가 그 답을 알 수는 없었다.

그로부터 한 달 뒤, 할머니는 치매로 입원해버리셨다.

하지만 할머니는 정말로 치매였을까…?

어쩌면 지나친 공포로 서서히 정신적으로 병들게 된 건 아닐까.

투고자 S · G (남성, 나가사키 현)

연립의 창문

카나가와 현 Y시의 연립에서 살던 시절, 내가 체험한 충격적이고 뭐가 뭔지 잘 알 수 없는 이야기.

그 연립주택은 좁은 도로에 비스듬하게 지어져 있고, 나는 2층 구석 방에 살았다.

방은 원룸이고 창문은 두 개. 하나는 도로 쪽, 또 하나는 옆집을 향하고 있었다.

어느 날 밤, 나는 집에서 느긋하게 텔레비전을 보고 있었다. 도로 쪽 창문을 왼쪽에 두고, 옆집에 면한 창문을 보는 자세로 앉아 있었다.

콩콩… 콩콩콩….

뭔가 작고 건조한 소리가 들렸다. 그 소리는 도로 쪽 창문에서 들려오는 듯했다.

이상하게 여겨 반사적으로 소리가 난 쪽으로 다가갔지만, 창문은 꽉 닫혀 있었다. 불투명 유리로 밖에는 캄캄한 밤이 펼쳐져 있다는 것을 알았다.

특이한 점은 없었기에 기분 탓이라고 생각하고 다시 텔레비전을 보았다. 그러자, 다시, 콩콩! 하고 아까보다 좀 더 큰 소리가 들렸다.

이번에는 제대로 들렸기에 기분 탓이 아니라는 건 확실했다. 내 방은 2층이라 발 디딜 곳이 없는 밖에서 창문은 노크한다는 일은 있을 수 없다.

기묘한 현상이었지만 기분이 나빠 일부러 무시하기로 했다. 텔레비전 음량을 높이고 '신경 쓰지 말자, 신경 쓰지 말자…'라고 스스로를 타일렀다.

내버려두고 텔레비전에 집중하려 했지만, 귀는 오히려 텔레비전이 아니라 창문에서 나는 소리를 들으려 하고 있었다. 신경만 날카롭게 곤두섰다. 바로 그때.

쾅쾅! 쾅쾅쾅…!

짜증이 난 듯이 창문이 거칠게 두드려진 것이다.

방약무인하게 창문을 두드리는 소리에 원래 성격이 드

센 나는 **열이 확 올랐다**.

창문으로 성큼성큼 다가가, 앞뒤 가리지 않고 창문을 벌컥 열어젖혔다.

그러자 거기에는….

웬 본 적도 없는 아저씨가 머리에서 피를 흘리며, 공중에 거꾸로 매달린 채로 나를 바라보고 있었다.

한순간 내가 뭘 본 건지 이해할 수 없었다. 이세상의 것인지 저세상의 것인지는 생각도 하지 않았다. 어째서인지 그때 나는 묘하게 냉정했다. 제멋대로 방을 엿본 것에 대한 분노가 더 강했던 게 아닐까 생각한다.

아저씨가 매달린 창문을 콱 닫고, 부엌에서 소금을 꺼내어 아저씨가 있었던 창문을 향해 기세 좋게 여러 번 뿌려주었다.

신속한 행동이 효과를 발휘했는지 그 후로는 창문을 두드리는 소리가 들리지 않았다.

얼마 후에 가만히 창문을 열자, 아까의 거꾸로 매달린 아저씨는 거짓말처럼 모습을 감추었다.

투고자 **네코네코** (여성, 가나가와 현)

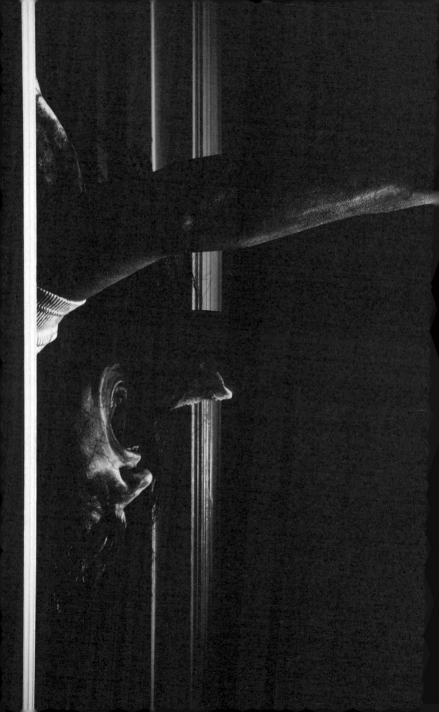

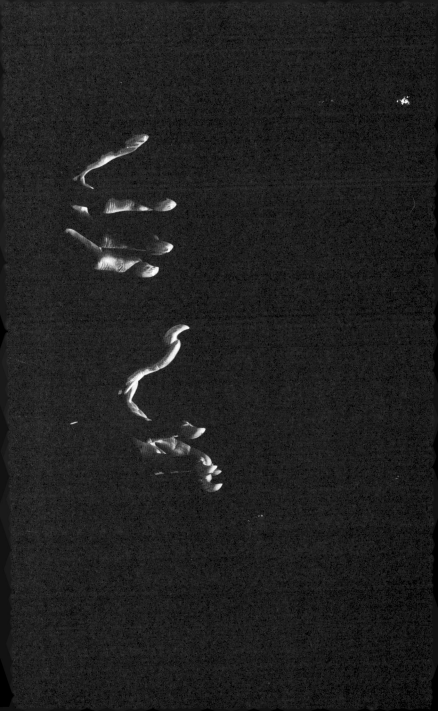

새벽 2시

단신부임을 하게 된 나는 회사의 독신자 기숙사에 들어갔다.

4층짜리 기숙사의 3층, 내가 살던 제일 안쪽 방에서 있었던 일이다.

어느 날 밤, 자다 보니 문득 눈이 떠졌다.

한번 잠들면 어지간해선 깨지 않는 내가 그날 밤만은 어째서인지 눈이 떠졌다.

손목시계를 차고 잠을 자는 버릇이 있기에, 별생각 없이 시계를 보자 새벽 2시였다.

별생각 없이 일어난 김에 화장실에 갔다가, 또 태연하

게 이불에 들어가 눈을 감았다.

그것이 이변의 시작이라는 생각은, 그때는 조금도 하지 않았다….

다음 날 밤에도 평소처럼 12시쯤에 이불 속으로 파고들었다. 그러자 어제와 마찬가지로 또 밤중에 눈이 떠져버렸다.

시계를 확인하니 새벽 2시. 어젯밤과 완전히 똑같은 시간이었다.

이틀 연속으로 같은 시각에 눈이 떠졌지만 단순한 우연의 일치라며 마음에도 두지 않았다.

하지만 사나흘 연속으로 똑같은 새벽 2시에 눈이 떠지자, 아무리 나라도 기묘한 느낌을 받았다.

게다가 오전 2시라면 옛날 사람들이 말하는 축시. 유령이 나온다는 시간대다.

인간은 약한 존재라서, 그 점을 깨닫고 나면 다음 날도 다다음 날도 또 이 시간에 눈이 떠지지 않을까 불안해지기 마련이다.

예전에 들은 괴담을 떠올리는 등, 어두운 방 안에서 불온한 상상을 하다 보면 등줄기가 오싹해지기도 한다.

…그리고 공포의 예감은 현실이 되었다.

매일 오전 2시에 눈이 떠지게 된 지 딱 일주일째. 공포가 현실이 되어 습격해왔다.

이번에는 내가 눈을 뜬 것이 아니라, **뭔가**가 깨운 것이다.

똑똑똑…. 갑자기 강철 문을 노크하는 소리가 났다.

언제나 눈뜨는 새벽 2시에.

"……!"

극심한 공포에 목소리도 나오지 않는다. 노크 소리는 꿈일 뿐이라고 이불 속에서 스스로를 타이르려 했다.

하지만 꿈이 아니라는 건 나 자신이 가장 잘 알고 있다.

소리를 내지 않고, 가만히 이불에서 몸을 반쯤 내밀어 문에 귀를 기울였다. 문 밖은 여전히 고요했다. 숨을 죽인 채로 몇 분이 지났다.

아무 일도 일어나지 않았다. 역시 기분 탓이었나… 라고 생각한 바로 그 순간에.

똑똑… 똑. 조심스럽게, 다시 노크 소리가 들렸다.

나는 무리해서 공포를 억누르며, 친구의 장난일지도 모른다고 생각하기로 했다. 용기를 최대한 쥐어짜내 문에 다가갔다. 얇은 철판 너머에 있는 누군가를 향해, 떨리는 목소리로 물었다.

"이런 밤에, 대체 누구야…."

그러자 그 대답을 기다렸다는 듯이, 아까보다 더 강하게 쿵쿵쿵! 하고 조급하게 문을 두드리는 것이다.

나는 패닉에 빠질 뻔했다. 재촉하듯 두드리는 건 친구일까?

아니면….

순식간에 공포보다 정신적 공황이 앞섰다. 머리가 텅비어 전등을 켜고, 손잡이를 쥐었다.

"뭐야! 대체 누구냐니까!"

날카로운 목소리로 고함친 순간, 곧바로 쾅쾅쾅! 하고 격렬하게 문을 두드리는 소리가 났다.

틀림없이 저기에 누군가가 있다. 오로지 그것만이 사실이다.

"작작 좀 하라니까!"

소리를 지르면서, 나는 동시에 문을 활짝 열어젖혔다.

하지만 아무도 없는 고요한 복도만 있었다.

파르스름한 형광등이 켜진, 잡음 하나 없는 으슥한 복

도….

사람이 보이기는커녕, 인기척조차 느껴지지 않았다.

이마에서 식은땀이 주르륵 흘렀다. 등은 마치 전기가 통한 것처럼 가느다랗게 경련하고 있었다.

그만큼이나 격하게 문을 두드렸는데, 문을 연 순간에 모습을 감춘 **무언가**….

밤마다 이어진 2시의 각성은 이런 결말이었나.

아무도 없이 지나칠 정도로 고요한 복도를 바라보며, 나는 멍하니 서 있기만 했다.

그리고 나는 금세 진정한 공포를 예감했다.

문을 연 순간에, 설마 그 **뭔가**가 방에 침입한 게 아닐까 하고.

투고자 **지바 슈사쿠** (남성, 홋카이도)

옷걸이

그건 내가 중학교 3학년 때, 수험을 목전에 둔 겨울날의 일이었다.

하루도 빠짐없이 공부를 해야 한다며 초조해 했지만, 마음과는 반대로 쓸데없이 시간만 흘러가는 기분이 들었다.

그렇게 마음만 헛돌던 어느 날, 공부를 하다가 지쳐서 쓰러지듯 잠들었다.

심야 몇 시쯤 되었을까. 갑자기 덜걱덜걱, 덜걱덜걱 하고 메마른 소리가 났다.

'응? 뭐지? 저 소리는….'

귀에 닿는 기묘한 소리 때문에 나는 점점 눈이 맑아졌다.

아직은 안개가 낀 것처럼 멍한 의식이었지만,

'아아, 저건 혹시 옷걸이끼리 부딪혀서 나는 소리일지도….'

막연하게 그런 생각을 했다.

그럴 만도 한 게, 나는 방 입구에 철사 옷걸이를 여러 개 걸어놓았기 때문이다.

하지만 곧바로 이상한 점을 깨달았다.

'응? 어째서? 바람도 없는 내 방에서, 어째서 옷걸이가 소리를 내는 거지?'

창문은 닫혀 있고 방에서 자는 사람은 나밖에 없다. 소리가 들릴 리 없다. 거기까지 생각이 미친 순간, 나는 냉수가 끼얹어진 듯한 오한을 느꼈다.

철사 옷걸이가 걸린 입구 근처의 들보는 내 발쪽에 위치해 있다. 옆으로 누운 자세로는 소리 나는 쪽을 볼 수가 없다.

이대로 모르는 척하고 잠이나 잘까… 라는 생각도 했다. 하지만 신경이 쓰인다. 소리를 무시하고 잠들 수 있다니, 말도 안 되는 소리다.

옆으로 누운 채 귀를 기울였다. 덜걱덜걱, 덜걱덜걱, 귀에 거슬리는 금속음은 여전히 작게 들려왔다.

그뿐만이 아니다. 그 근처에서 뭔가의 기척을 느꼈다. 하지만 그쪽을 보기가 너무 무서웠다. 뭔가 터무니없는 것이 있을지도 모른다. 하지만 보지 않고서는 견딜 수가 없다.

무슨 일이 일어나고 있는지 확인하지 않는 게 더 무서웠다.

나는 몸을 천천히 반전시켜, 태아처럼 이불 속에서 몸을 둥글게 말고서, 가만히 이불을 눈 아래까지 내렸다. 그리고 소리가 나는 쪽에 시선을 집중했다.

그러자.

있었다…. 어둠 속에 숨은 뭔가가 있었다.

내 눈이 서서히 어둠에 익숙해졌다. 점차 형태를 갖춘 그것은 내 눈으로 봐도 믿기 힘들었다. 철사 옷걸이 아래. 어둠 속에서 여자의 모습이 보였다.

단, 그 모습은 너무나 현실감이 없었다. 흰 옷을 입은 빼빼 마른 여자.

그 여자는 앞으로 완전히 기울어져, 땅과 30도 정도의 각도를 유지한 채 서 있었던 것이다.

긴 머리카락을 앞으로 축 늘어뜨리고, 인체의 균형을

무시하고, 도저히 쓰러지지 않을 수 없는 각도로 몸을 기울이고 있었다. 얼굴은 머리카락으로 가려져 있는데, 보고 싶지 않다고 진심으로 생각했다.

있을 수 없는 일을 본 쇼크로 내 심장은 마구 뛰었다. 몸속 깊은 곳에서 오싹거리는 공포가 밀려들었다.

'으아아아아아아!'

나는 소리 없는 비명을 지르며 이불을 머리부터 뒤집어 썼다. 무릎을 끌어안고 덜덜 떨 수밖에 없었다.

언제 여자가 이불을 걷어낼까 생각하기 시작하니 떨림은 더욱 심해졌다. 이불 속에서 눈을 꽉 감고, 아무것도 안 보여, 아무 일도 안 일어났어… 라고 자기 자신을 타일렀다.

그러는 동안 우물 속으로 떨어지듯 졸음이 밀려와, 어느새 잠이 들고 말았다.

어느새 공포의 하룻밤이 지났다. 평소와 다름없는 아침이 아무 일도 없었다는 듯이 찾아왔다.

그건 나쁜 꿈이었을까….

수험 공부의 피로가 존재하지 않는 것을 환시했을 뿐일까….

하지만 다음 날도, 또 그다음 날도 덜덜거리는 옷걸이 소리는 계속해서 났다.

그렇다면 그 몸을 기울인 여자도 방에 있었다는 게 될까.

투고자 **투마야** (남성, 가나가와·현)

광연

내 친구가 초등학생 때 체험한 이상한 일이다.

그는 ○현의 인구 천 명도 되지 않는 작은 마을 출신이다. 본가는 대지주로, 소유한 토지나 삼림의 넓이는 도시에서 자란 나로서는 상상하기도 힘든 수준이었다.

현관을 나오면 눈앞에 펼쳐진 밭과, 어디부터 어디까지인지 말하기도 힘든 뒷산이 전부 자기네 땅이라는 것이다.

도쿄 한복판에서 자랐지만 나는 골수 아웃도어파라고 자부하고 있다. 아무리 시골이라 해도 그런 광대한 토지를 소유하고 있다면 캠프 생활을 만끽할 수 있으니 진심으로 부럽다고 생각했다.

하지만 처음 그가 앨범을 보여주었을 때, 고향 풍경이라는 몇 장의 사진에는 이상한 공기감이라고 할까, 어딘지 무서운 인상이 있었다.

묘하게 기분을 우울하게 만드는, 어두운 아우라라고 말해도 좋을지도 모르겠다.

어떤 사진을 보아도 시골다운 느긋한 여유가 없었다. 보이지 않는 안개가 낀 듯한 분위기로 전체가 덮여 있었다.

비유하자면, 요코미조 세이시의 추리소설에 나올 법한 세계다. 현대 사회에서 격리된 채 우리가 이해할 수 없는 인습으로 가득 찬 마을…이라고 말하면 되려나.

즉, 설명하기 힘든 요기가 감도는 느낌을 받았다. 우연히 거기에 찍힌 마을사람의 표정도, 껍질에 틀어박혀 눈을 치켜뜨고 상대를 탐색하는 인상이 있었다.

그런 마을에서, 그는 20년쯤 전의 여름에 무시무시한 체험을 했다고 한다.

아까 말한 지역의 어느 뒷산에서 일어난 일이었다.

이름도 없는 그 뒷산은 기슭에서 갑자기 급경사가 나타나고, 하이킹용 길 따위는 정비되어 있지도 않았다.

여름방학의 어느 날, 그는 친구와 둘이서 마을 근처에

서 놀고 있었다. 그러다가 다 썩어가는 토리이와 같은 것을 발견했다. 거기서부터 산 위의 어딘가로 폐도처럼 좁은 길이 뻗어 있었다.

"어라? 이런 길이 있었네. 좋아! 탐험해보자."

둘의 호기심에 불이 붙은 것도 무리는 아니리라.

그 길은 울창한 잡목으로 덮여, 낮에도 어두운 나무그늘 속에서 끝없이 구불구불 이어져 있었다. 올라가다 보니 점점 발걸음이 무거워졌다.

원래 그 뒷산은 할아버지에게서 '절대로 거긴 가면 안 된다. 정말로 위험한 산이거든'이라고 질리도록 들은 곳이라, 이제까지 그 당부를 배신한 적은 한 번도 없었기 때문이다.

할아버지의 말은 물론 신경이 쓰였지만, 일단 불붙은 아이의 모험심을 억누를 수는 없었다. 둘은 찾아낸 좁은 길을 두근거리는 마음으로 걸었다.

마치 짐승이 다니는 듯한 그 길을 걸어, 점점 숲 속 깊숙이 들어갔다. 심장이 쿵쾅거리는 건 급경사 탓만은 아니었다.

하지만 30분도 되지 않아 이변이 하나씩 일어났다.

아직 3시를 좀 지난 시각인데도 주위가 이상하게 어두웠다. 머리 위를 덮은 나무가 자신들 쪽으로 쓰러질 것 같은 압박감이 있었다.

그보다 더 으스스했던 것은, 어디선가 들리는 땅울림 같은 소리였다.

이런 산속에서 소리를 낼 만한 게 과연 뭐가 있을까?

천둥도 아니고 공장의 굉음도 아니다. 굳이 비유해보자면, 땅속에서 끓어오르는 수많은 신음소리처럼 느껴졌다.

하지만 그 소리는 나한테만 들리는지, 고개를 돌려 친구를 보아도 평소와 다름없는 표정으로 묵묵히 길을 오르고 있었다.

마음을 다잡고 길을 올라가니 급경사가 끝나고 잡초가 무성한 공터 같은 장소로 나왔다. 하늘은 어두워져 그 평평한 장소가 어디까지 펼쳐져 있는지 육안으로는 확인할 수 없었다.

귀에는 아까의 땅울림 같은 저음이 신음소리로 변해 들리고 있었다. 둘은 거기서 걸음을 멈추었다.

주위 상황을 살피다 보니, 갑자기 친구가 그의 등 뒤로 숨듯 돌아 들어갔다. 숨을 죽이고 움직이려 하지 않았다.

"…야, 왜 그래?"

"저기… 뭔가가 움직이고 있어. 난 이제 더 가고 싶지
않아."

"어디? 좋아, 그럼 내가 보고 올게."

그가 그렇게 말하고 걸어가려 하자, 친구는 혼자 남는
게 불안해서인지 그의 옷소매를 붙잡고 따라왔다.

어둠이 짙어진 전방을 향해, 둘은 천천히 다가갔다.

그리고 거기서 둘은 보고야 말았다….

친구가 뭔가 있다고 말한 그 일대에 사람의 것으로 보
이는 발자국이 있었다. 게다가 하나가 아니었다. 잘 보니
여기저기에 여럿…. 아니, 엄청난 수의 발자국이 있었다.

둘은 어안이 벙벙해 그 주위를 둘러보았다.

그러자 눈앞에서 본 적도 없는 기괴한 현상이 일어나고
있었다.

지면 여기저기에서, 파파팟! 하고 발자국만 무질서하게
나타났다가 사라지고, 사라졌다가 나타나는 일이 반복되
고 있었다.

게다가 그 발자국이 나타나는 순간에는 모래먼지와 같

은 것이 일었다. 마치 거기에 있는 누군가가 격하게 발을 옮기는 듯한 광경이었다.

하지만 신기하게도 발자국의 주인은 보이지 않았다.

더 기묘한 사실이 또 한 가지.

발자국이 난 지면에 다른 발자국이 짓밟듯이 겹쳐지고, 다른 발자국이 그것을 다시 짓밟아간다….

그런 설명할 수 없는 일이 공터 전체에서 일어나고 있었던 것이다.

발자국의 주인이 한 명이 아니라, 무수하게 많다는 증거였다.

둘은 공포에 사로잡혀 도저히 서 있을 수 없었다. 그 자리에 힘없이 엉덩방아를 찧고 눈앞에서 벌어지는 이상한 일을 멍하니 바라볼 수밖에 없었다.

사라졌다가 나타나고, 나타났다가 사라지는 발자국의 미친 듯한 움직임에 둘은 패닉에 빠졌다.

하지만 공포는 이때부터가 시작이었다. 마치 결정타를 날리듯 더 무서운 일이 일어나기 시작한 것이다.

내내 멀리서, 혹은 가까이서 끊임없이 들리던 땅울림 같은 소리. 역시 신음소리가 맞았던 그것이 결국 둘을 포위하듯 범위를 좁혀온 것이다.

처음에는 단순한 신음소리처럼 들렸지만, 점점 한 가지 의미 있는 말이 되어갔다.

"영차, 영차… 영차, 영차…!"

수많은 낮고 탁한 목소리가 마츠리의 구령소리로 변해 있었다.

완전히 컴컴해진 공터에서, 그 구령소리만이 조금씩 두 사람과 거리를 좁혔다.

하지만 그 수많은 사람들은 어디에도 보이지 않고, 그 저 목소리만 어둠 속에서 다가왔다. 어느새 구령소리는 둘을 에워싸 귀를 찢을 만큼 큰 목소리로 변해 있었다.

극심한 공포에 귀를 틀어막고 서로 껴안은 채 웅크린 그들의 고작 몇 미터 거리에서, '영차! 영차!'라는 커다란 목소리는 원을 그리듯 빙글빙글 돌았다.

그리고 결국 친구에게까지 그 목소리가 들렸을 때, 그 에게는 이렇게 들렸다고 한다.

"영차! 영차!"가 "나가! 나가!"로 변했다고.

상식을 벗어난 무시무시한 경험과 무수한 거절의 목소리에 시달린 둘은, 저도 모르는 사이에 정신을 잃었다고 한다.

몇 시간 후, 자신들을 찾으러 온 할아버지에게 물어보았지만 입을 굳게 다물 뿐 공터의 진상은 말씀해 주지 않으셨다.

정신을 차린 둘을 데리고서 산에서 내려올 때, 할아버지는 실성한 사람처럼 비명 같은 목소리로 경을 외우셨다.

그 할아버지도 몇 년 전에 돌아가셨기에, 그곳에서 일어난 괴이의 수수께끼는 영원히 풀 수 없게 되었다.

*

내가 상상하기에, 아마 그 뒷산 공터는 마을에서 죽은 사람들의 영혼이 모여드는 성스러운 장소가 아니었을까.

그리고 고향을 그리워하는 수많은 영혼들이, 어느 여름날에 이승과 저승이 이어지는 그 장소에서 여름 마츠리를 즐기고 있었던 건 아닐지….

어쩌면 돌아가신 친구의 할아버지도 지금은 그 마츠리 속에 계실지도 모르겠다.

투고자 **M · S** (남성, 사이타마 현)

손도 발도 꼼짝할 수 없는, 돌로 변한 육체에 지배당하는 감각.

의지를 잃고 조금도 움직이지 못하는 육체는 무방비할 뿐이다.

목이 터져라 쥐어짜낸 비명은 속박당한 몸에서 힘없이 떨어져나간다.

겹잠

친구 S군은 여행을 좋아한다. 아무 계획 없이 떠나 그 때그때 하고픈 일을 하고 좋아하는 것을 보고 돌아오는, 자유로운 여행을 즐겼다.

나가노 현에 갔을 때도 평소대로 자유로운 여행을 즐 겼다.

너무 놀아서 깨닫고 보니 밤 10시를 지났다. 허둥지둥 묵을 곳을 찾다가 민박집 하나를 발견했다. 산장 스타일 의 그 민박집은 플로어링 바닥에 목제 이층침대. 게다가 욕실, 화장실, 텔레비전까지 딸린 꽤 모던한 곳이었다.

잠깐 쉰 후에 목욕을 하고 여행의 피로도 있으니 곧바

로 잠을 자기로 했다. 침대 1층에 짐을 놓고 잠은 2층에서 잤다.

잠든 지 한 시간도 지나지 않았는데 S군은 엄청나게 어깨가 결리고 몸이 무거워 눈을 떴다. 침대에 누워 목을 풀듯 빙글빙글 돌리다 보니 갑자기 몸이 움직이지 않게 되었다. 가위에 눌린 것이다. S군으로서는 처음 겪는 일이었다.

'으으, 이게 뭐야…!'

불안과 공포로 필사적으로 눈을 감고 마음을 진정시키려 했다.

어떻게 해야 할지 헤매고 있자니, 누군가가 가만히 응시하는 듯한, 아니, 오히려 얼굴을 맞대고 있는 듯한 강한 시선을 눈꺼풀 너머로 느꼈다.

S군은 침대에 옆으로 누워 있었다. 그 바로 옆에, 누군가가 딱 붙어 있다는 기분이 들었다.

그 순간에 S군은 눈을 떴다. 그리고 보고 말았다.

자는 그의 바로 옆에서 마치 곁잠을 자듯, 그와 같은 방향에 남자의 얼굴이 있었다.

'우와, 일 났네! 어떻게 해야 하지….'

마음속에선 보면 안 된다는 경고가 울리는데도, 도저히

눈을 감을 수 없다.

온몸의 털이 곤두서게 만드는 남자의 얼굴과 코앞에서 대치하고 있다.

S군은 눈을 크게 뜨고, 어쩔 수 없이 남자의 얼굴을 보고 있었다. 하지만 문득 위화감을 느꼈다.

'이 녀석, 몸은? 몸이 없잖아…!'

함께 자는 자세로 마주 보고 있기에 당연히 남자의 몸도 침대 위에 있을 거라고 생각했다. 하지만 시선을 이불 아래쪽으로 옮겨보니 남자의 몸이 없었다.

그때, 제일 처음에 느낀 이미지를 떠올렸다. 침대 옆에 누군가가 서서 바라보는 듯한 감각. 그렇게 생각하고 찬찬히 보니, 남자의 몸은 침대 위가 아니라 침대 바로 앞에 서 있었다.

서 있는데 얼굴만 바로 옆에 있다…. 즉.

'몸이 부러졌어! 아니, 끊어진 건가…!'

그 진상에 다다랐을 때 S군은 정신을 잃었다.

투고자 **겁쟁이** (남성, 시가 현)

커다란 손

뇌가 깨어 있는데 몸은 잠든 상태일 때 가위에 눌린다는 이야기를 들은 적이 있는데, 그때의 일은 그런 신체적인 문제가 아니라 영적인 것이 아니었을까 생각한다.

나는 고등학생 때 할머니, 아버지와 셋이서 살고 있었다.
잠을 잘 때는 언제나 나와 아버지가 세 평찌짜리 방에서 나란히 자고, 할머니는 그보다 조금 작은 옆방에서 주무셨다. 나는 늦게까지 자지 않는 날이 많았는데, 그날은 어째서인지 일찍감치 잠기운이 몰려와 이불 속으로 들어갔다.
하지만 너무 일찍 잔 탓인지 한밤중에 갑자기 눈이 뜨였다.

다른 가족은 깊이 잠들었는지 캄캄한 방 안은 조용했다.

'아아, 이런 묘한 시간에 눈을 뜨다니…. 왠지 찜찜한데.'

나는 한숨을 내쉬며 다시 잠을 청하기 위해 눈을 감았다.

하지만 그때 이불 옆에서 뭔가가 들어오는 감촉이 느껴졌다.

'…뭐지?'라고 생각할 틈도 없이 그것은 내 발을 툭 찼다.

아버지는 잠버릇이 나빠 내 이불까지 굴러서 넘어오는 일이 자주 있기에, 이번에도 그런 거라고 생각했다.

'또야? 하여간 참…'이라고 생각하며 아버지를 밀어서 되돌리려 했다.

…그 순간 나는 어떤 사실을 깨닫고 단숨에 눈을 떴다.

오늘 아버지는 출장으로 집에 없다.

나는 방 한가운데에 이불을 깔고 혼자 자고 있었다. 이 방에는 나 말고 아무도 없다. 그럼 발을 찬 건 누구지? 그렇게 생각한 순간 끼긱! 하고 몸이 경직되었다.

괴담을 좋아해서 그런 부류의 책은 자주 읽었지만, 나 자신은 영감도 전혀 없고 심령현상과 인연이 없다고 생각했기에 갑자기 몸이 경직되자 당황했다. 어떻게든 해보려

고 열심히 몸을 움직여보았지만 아무리 노력해도 미동조
차 하지 않았다.

어쩔 수 없이 눈만 빙글빙글 움직였지만 망막에 들어오
는 것은 칠흑의 어둠뿐.

의식은 완전히 깨어났다. 근거는 없지만 한시라도 빨리
몸을 움직여야 한다, 좋지 않은 일이 일어날 거다, 라고
본능이 호소해왔다.

처음 겪는 공포에 굴복하려는 걸 견디며, 필사적으로
'움직여라! 움직여!'라고 계속 생각했다. 하지만 아무런 효
과가 없어 포기하려던 때.

갑자기 콱! 하고 뭔가에 입과 코를 들어막혔다.

"으… 으읍… 으음, 끄응~."

어두워서 아무것도 보이지 않았지만, 엄청나게 큰 손에
얼굴을 가로막혀 호흡이 곤란해졌다.

어떻게든 저항해 봐야겠다고 생각해도, 몸은 미동도 하
지 않았다.

그러는 동안에도 점점 호흡이 괴로워졌다.

'아아, 이러다가 질식해서 죽겠어….'

핏기가 점점 가시는 가운데, 나는 진지하게 그렇게 생각했다.

이렇게 뭔지 알 수도 없는 이유로는 절대로 죽고 싶지 않았다. 어떻게든 해야 하는데….

궁지에 몰려 고양이를 무는 쥐처럼, 나는 입과 코를 누르는 거대한 손을 으득! 하고 깨물었다.

단, 정말로 내 입이 벌어졌는지는 확실하지 않다. 그 크고 사악한 손을 물어뜯어 대항하려 한 건 확실하고, 감촉은 확실히 있었다.

으득, 하고 확실하게 깨물었다, 라고 생각한 순간에 커다란 손의 기척은 사라졌다.

흐으~ 하고 신음하듯 크게 숨이 쉬어졌다. 신선한 산소가 폐를 채우는 것을 느꼈다. 굳은 몸도 움직일 수 있게 되었다.

격렬하게 쿵쾅거리는 심장을 달래며, 베갯머리의 디지털시계를 보았다.

시각은, 오전 4시 44분….

불길한 숫자가 늘어선 것을 보고 우연으로 치부하게 힘

든 불길함을 느껴, 결국 그날은 해가 뜰 때까지 잠들지 못
했다.

투고자 **사토루** (여성, 도쿄

반야의 가면

내가 초등학교 3, 4학년 즈음에 겪은 일로 기억한다.

일을 하던 어머니는 언제나 귀가 시간이 늦어 아이를 돌볼 시간이 적었기에, 나는 조부모님 댁에 맡겨지게 되었다. 그 집은 어머니의 친정으로 상당히 오래된 목조주택이었다.

내가 쓴 방은 예전에 할머니가 쓰시던 방이었다. 3평 정도의 일본식 방으로, 구석에 침대가 놓여 있었다.

침대 정면에는 할머니의 오동나무 장롱이 놓여 있고, 하얗게 가문(家紋)을 발염한 남색 천이 걸려 있었다.

어느 날 밤, 평소처럼 침대에서 자던 나는 문득 한밤에 눈이 떠졌다.

다음 순간, 갑자기 누군가에게 눈꺼풀을 잡힌 것처럼 내 의지를 무시하고 눈이 크게 벌어졌다.

어린 나는 무슨 일이 일어났는지 알 방법이 없었다. 다만 기묘했던 건, 눈이 크게 뜨였을 때 정면에 있어야 하는 남색 천이 보이지 않는다는 점이었다.

새하얀 가문이니까 평소에는 아무리 어두워도 흐릿하게는 보인다. 그런데 어떻게 된 일인지 그 일대는 새카말 뿐 아무것도 보이지 않았다.

그리고 몸은 전혀 움직이지 않았다. 이게 가위라는 사실조차 모르던 때였다.

유일하게 움직이는 것은 눈뿐. 보이는 범위 내에서 눈을 열심히 움직여봐도, 거기에는 깊은 어둠밖에 존재하지 않았다.

얼마나 시간이 흘렀을까….

캄캄한 어둠 속, 원래는 남색 천이 있어야 하는 자리를 보고 있자니 화악 하고 흰 점이 나타났다.

그것은 남색 천 한가운데 언저리에서 배어나듯 나타났다.

느닷없이 출현한 그 흰 점은 대체 무엇인가…. 시선을

집중해 보고 있자니 흰 점은 점점 내 쪽으로 다가왔다.

　게다가 다가오면서 점은 점점 커져 원형이 되었다. 마치 천이 걸려 있던 장소가 다른 공간으로 이어지고, 거기서 뭔가 다른 차원의 생물이 침입하듯 휠휠 날아 다가오는 느낌이었다.

　그 기묘한 흰 것이 일정한 크기가 되었을 때, 나는 그 믿기 힘든 정체를 보고 숨을 삼켰다.

　그것은 반야의 가면이었다.

　'어째서? 어째서 반야의 가면이….'

　그런 의문이 소용돌이치는 와중에도 반야의 가면은 점점 가까이 다가왔다. 그리고 어둠 속에서 계속해서 커져 갔다.

　내 최초의 의문은 이윽고 공포의 파도에 삼켜졌다.

　반야의 가면은 엄청난 크기가 되어 방을 가득 메우게 되었다. 그리고 조준하듯, 구구구우우웅! 하고 내 코앞까지 육박했다.

　그 순간, 저주가 풀린 것처럼 갑자기 내 몸이 움직였다.

　'우와앗~!'

소리 없는 비명을 지르며 나는 허둥지둥 이불을 머리까지 뒤집어썼다.

얇은 이불 한 장이 마물을 막아주는 방어막이 되어주기를 빌었다.

나는 한참을 이불을 뒤집어쓴 채로 꼼짝도 할 수 없었다. 영원처럼 느껴지는 시간이 흐르고 나서. 나는 조심스레 이불을 눈 아래까지 내리고 주위를 둘러보았다.

아무것도 없었다. 아무도… 없었다.

평소와 똑같은 방에는, 장롱에 걸린 남색 천의 흰색 가문이 어둠 속에서 어렴풋하게 보일 뿐이었다.

눈앞까지 다가온 거대한 반야의 가면.

그 가면에는 무슨 의도가 있었을까. 아직까지도 알 수가 없다.

투고자 **유즈루** (여성, 시즈오카 현)

개방형 다락

　친구는 염원하던 독립을 준비하면서, 절대로 양보 못할 조건을 두었다.

　하나는 집세가 쌀 것, 또 하나는 개방형 다락이 있을 것.

　그런 매물을 쉽게 찾을 수나 있을까, 하는 마음이었지만 찾다 보니 의외로 이미지에 가까운 집을 발견했다.

　친구는 그 방을 보자마자 반해, 곧바로 입주를 결정하고 마치 하늘로 날아갈 것 같은 기분이었다. 이사 준비도 내팽개치고 일주일 정도 그 집에서 묵겠다고 결정했다.

　두근거리는 기분으로 자기 집이 된 방의 현관 앞에 섰다.

　"…응? 뭐지."

　뭔가가 문 앞에 놓여 있었다.

잘 보니 그것은 도자기 그릇에 얹어진 새하얀 소금이었다. 그것만이 아니었다. 은근슬쩍 놓인 그 소금 옆에는 누구 짓인지 불이 꺼진 짧은 선향도 세워져 있었다.

하지만 기분이 들떴던 친구는 한순간 이상하다고 생각했을 뿐, 크게 신경 쓰지 않고 문을 열고 안으로 들어갔다.

밝고 부드러운 햇빛이 드는 방. 안에 들어간 순간 친구는 소금 따위는 깨끗이 잊어버렸다. 세련된 다락이 딸린 방이 새로운 생활을 환영해주는 것처럼 느껴졌다.

단, 내가 알기로 이 친구는 남들보다 영감이 훨씬 강해, 일상적으로 **보이는** 일을 겪는 인간이었다.

첫날, 둘째 날은 아무 일도 없이 지나갔다. 문 앞에 있었던 소금이나 선향은 완전히 잊고 친구는 다락이 딸린 방에서 쾌적한 생활을 즐기고 있었다.

그리고 사흘째 밤…. 평소처럼 다락에서 잠을 자는데 아래쪽에서 뭔가 신경 쓰이는 소리가 들렸다.

처덕처덕처덕, 처덕처덕처덕….

방 안을 맨발로 빙글빙글 도는 듯한 소리였다.

'어, 뭐지…?'

그렇게 생각한 순간 강렬한 가위가 덮쳐왔다. 조금도

몸을 움직일 수 없는 상태가 되어, 누가 걸어 다니는지도 확인할 수 없었다.

약 한 시간이 지나, 발소리를 내던 뭔가는 닫힌 문으로 소리도 없이 나간 모양이었다. 친구는 그대로 의식을 잃 듯 잠들고 말았다.

무서운 일은 아침에 일어났다.

악몽을 꾼 것에 불과하다고 생각하며 다락에서 내려왔 을 때, 친구는 기절할 뻔 했다.

놀랍게도 방바닥에는 긴 머리카락이 잔뜩 흩어져 있고, 온갖 곳에 피가 묻어 있었다.

친구는 그쪽을 보지 않도록 몸을 떨면서 방에서 나왔다.

철컥, 하고 문을 잠근 후에 곧바로 부동산에 연락했다. 사태를 설명하고 직원이 온 후에 함께 방으로 들어갔다.

그러자 있을 수 없는 일이 일어났다. 아까까지 있었던 머리카락과 핏자국이 흔적도 없이 사라진 것이다.

아무리 친구가 직원에게 설명해도 이상하다는 표정만 지을 뿐 상대해주지 않았다.

공포는 그때부터 시작되었다.

다음 날, 더욱 전율스러운 괴이가 친구를 덮쳤다.

친구는 문을 제대로 잠그고 일찍 잠에 들었다. 잠을 자다가 괴로워 문득 눈을 뜨자 다시 가위에 눌렸다. 시각은 새벽 2시쯤 되었으려나….

그것은 '또인가…'라고 생각하는 것과 동시였다.

현관의 철제문을 쾅쾅쾅, 하고 격렬하게 두드리는 소리가 났다. 한밤의 맨션 전체에 들릴 듯한 엄청난 소리였다.

놀라서 안절부절못하고 있자니, 분명 잠겨 있을 문이 쾅! 하고 기세 좋게 열렸다. 그리고 곧바로 **뭔가**가 침입했다. 그 녀석은 갑자기 방 안을 엄청난 속도로 뛰어다니기 시작했다.

정체를 알 수 없는 그것은, 잠시 방 안을 뛰어다니다가 갑자기 뚝 멈춰 섰다.

방은 정적으로 가득 찼다. 그 녀석은 뭔가를 살피듯 움직이지 않았다.

공포는 다음 단계로 옮겨갔다.

다락에 친구가 있다는 사실을 깨달았는지, 녀석은 천천히… 천천히 사다리를 올라왔다. 목제 사다리가 삐걱삐걱

울렸다.

'보면 안 돼, 보면 안 돼….'

친구는 한 발짝, 한 발짝 올라오는 기척을 견디며 사다리에 등을 돌린 자세로 눈을 감고 있었다.

벽을 보는 게 오히려 더 무섭다. 이윽고 녀석은 다락 침대에 도착해, 등을 돌린 친구를 발견할 것이 분명하기 때문이다.

어느새 사다리가 삐걱거리는 소리는 들리지 않게 되었다.

그렇다면 녀석은 침대까지 올라와, 벽을 향해 몸을 둥글게 만 친구를 발견했다는 것이 된다.

친구는 숨죽인 채로 침묵을 유지했다. 그 자세로 긴 시간이 지난 기분이 들었다.

하지만 공포는 한계를 넘어버렸다. 친구는 아무것도 생각하지 않고 등을 돌리고 말았다.

다락 가장자리에서 머리의 위쪽 반만 내밀고, 눈을 부릅뜨고 응시하는 여자가… 있었다.

여자는 히죽 웃더니 천천히 사다리를 내려갔다.

다음 날 아침에도 역시나 방바닥에는 머리카락과 핏자

국이 있었다고 한다.

친구는 다락에서 잘 때의 공포를 견디지 못하게 되었다. 도저히 가위 때문에 겪는 환상 같지가 않았다. 너무나 리얼하다. 게다가 머리카락과 핏자국은 설명할 방법이 없었다.

친구는 다음 날 밤부터 아래로 내려와 방바닥 한구석에서 자기로 했다.

하지만 그건 큰 실수였다.

잠자리 변경을 비웃듯 심야에 그 여자가 방에 침입했다. 그리고 이번에는 자는 친구의 주위를 엄청난 속도로 뛰어다녔다.

그러더니 친구의 발을 잡고, 여자라고는 생각하기 힘든 힘으로 어딘가로 질질 끌고 가려고 했다.

물론 친구는 저항했다. 자는 건지 깬 건지도 확실하지 않은 상태로, 필사적으로 저항했다.

친구는 여자가 사라지고 아침이 올 때까지 기다려, 도망치듯 방에서 나왔다. 그리고 다시는 그 방으로 돌아가지 않았다.

문 앞에 놓여 있던 소금과 선향은 이런 뜻이었구나 하고 후회했다.

　현재 그 방에는 새 커튼이 쳐져 있다.
　아무것도 모르는 새 희생자가 살고 있다는 걸까….

투고자 S · T (남성, 미야기 현)

수호령

내 영감이 강해서 뭔가를 부르는 건지, 집 자체에 뭔가 사연이 있는 건지….

예전에 빌려서 살던 단독주택에서 있었던 일이다.

그 집은 랩 현상을 비롯해, 한밤의 발소리, 멋대로 물체가 움직이는 소리 등 기묘한 현상이 끝없이 일어나는 곳이었다.

그 집에 입주하고 몇 달이 지난 여름날 밤에 심각한 일을 겪었는데, 그 전에 10년쯤 전의 사건을 알아야 할 필요가 있다.

당시, 돌아가신 아버지 때문에 숙부께 빚이 떠넘겨졌다.

어지간히 독촉이 심했는지 결국 숙부는 괴로움을 못 이기고 숙모와 어린 외동아들을 남기고 자살하셨다.

당연한 일이지만, 뵐 면목이 없다는 이유로 어머니나 나는 장례식에 참석할 수조차 없었다. 그런 괴로운 일이 겪은 후 그 일가와는 소원해지고 말았다.

그런데 딱 십 년이 지나 숙부가 내 베갯머리에 선 것이다.

나는 이미 결혼을 했고, 그날 밤에 남편은 옆방에서 늦게까지 키보드를 두드리고 있었다. 나는 먼저 침실에서 쉬기로 했다.

피곤하기도 해서 금세 꾸벅꾸벅 졸기 시작했는데, 잠에 들려던 나는 갑자기 가위에 눌렸다. 너무 괴롭고 움직일 수도 소리를 낼 수도 없다. 아니, 숨조차 쉴 수 없었다.

금붕어처럼 입만 뻐끔거리면서, 이제부터 무슨 일이 벌어질지 겁을 먹었다.

혼란스러운 의식 속에서, 일단 눈을 뜨고 어떻게든 가위를 풀어야겠다고 생각한 바로 그때.

머리 바로 위에서 으스스한 목소리가 들려왔다.

"데~리~러~… 왔~다~…."

낮고 탁한 목소리는 분명히 돌아가신 숙부의 것이었다.

하지만 그 음성은 마치 텔레비전 공포물에서 흘러나오는 목소리처럼 으스스하게 메아리쳤다.

깊은 한과 바닥 모를 원한을 한마디 한마디에 응축한 듯한 목소리. 나는 단호한 의지를 거기에서 느끼고 말았다.

'아아, 저항해봐야 소용없을지도 몰라…. 어쩔 수 없을지도….'

무자비하고 차가운 목소리와 압도적인 위압감에, 나는 숨을 헐떡이는 상태로 단념했다.

다음 순간, 내 목에 로프가 걸렸다.

힘으로 로프가 꽉 당겨졌다. 목에 그 감촉이 새겨졌다. 예전에 숙부님이 목에 로프를 감을 때 이런 느낌이셨을까….

나는 자는 자세 그대로, 바닥에 등을 마찰하며 질질 끌려갔다. 물론 숨은 쉴 수 없다. 끌려가는 동안에도 목은 점점 더 강하게 조여져 갔다.

양쪽 손가락을 로프와 목 사이에 넣어 공간을 만들어보려 했지만 그럴 여유도 없었다.

'정말로… 이젠, 틀린 것 같아. 죽을 수밖에 없는가

봐….'

흐려지는 의식 속에서 그렇게 각오한 순간.

뽀각!

큰 소리가 났다고 생각했더니, 목이 완전히 뒤로 젖혀지듯 툭 쓰러졌다.

그와 동시에 나는 눈을 떴다. 가위도 풀렸다. 심장만 정신없이 종을 치듯 쿵쾅거리며 온몸에 산소를 보내고 있었다.

살아 있다는 사실이 믿기 힘들었다. 나는 손을 더듬어 전화를 들고 내선으로 남편을 불렀다.

"왜? 지금 바쁜데."

내 사정을 알지 못하는 그는 전혀 상대해 주지 않았다.

공포의 여운이 여전히 남은 나는 어떻게 할까 고민하다가, 이불 속에 숨어 수호령에게 필사적으로 도움을 구했다. 기도하는 동안에 의식이 흐려져 나는 다시 잠에 빠진 것 같았다.

나는 꿈을 꾸었다. 아니, 정말로 꿈이었는지도 확실하지 않다.

자고 있을 터인 내가, 상반신만 깨서 침대에 앉아 불 꺼진 침실을 바라보고 있다. 남편은 옆에서 숙면하고 있는 듯했다.

그뿐이라면 그저 아무 것도 아니지만, 문제는 그 직후였다.

눈앞에서 옷소매와 자락이 긴 새하얀 옷을 입은 여자가, 천천히 방을 나가는 것을 감지했다. 뒷모습밖에 보이지 않았지만 아름다운 웨이브의 긴 흑발이 찰랑거렸다. 게다가 몸 안쪽에서 하얗게 빛이 났다.

나는 직감으로 그녀가 구해주었다는 것을 알았다.

한 마디 감사인사를 하고 싶기도 했고, 그 사람이 누구인지 알고 싶어서 '잠깐만요!' 하고 필사적으로 소리쳤다.

하지만 그 여자는 돌아보지도 않고, 소리도 없이 방에서 나가 어디론가 떠나버렸다.

나는 퍼뜩 눈을 떴지만 눈앞에는 꿈속과 마찬가지로 조용한 침실만 있을 뿐, 이미 아무런 기척도 느낄 수 없었다.

흰 옷을 입은 장발의 여자는 대체 누구였을까….

꿈이라는 수단을 빌려 모습을 보여준 그녀야말로, 어쩌면 내 수호령이었을지도.

투고자 **월광석** (여성, 오사카 부)

롱기구

내가 친구 네 명과 도내 모 호텔에서 묵었을 때의 일.

원래는 둘이서 묵을 예정이었기에 더블베드로 예약을 해두었다. 즐겁게 놀다 보니 다들 돌아가기가 귀찮아져서, 결국 그 방에서 넷이서 묵자는 얘기가 된 것이다.

더블베드에 모두가 앉아 잡담을 나누다가, 밤이 깊어지자 괴담을 시작했다.

한 명은 잔다고 말하고 먼저 누웠지만, 우리 셋은 묘하게 기분이 고조되어 서로 질세라 무서운 이야기를 선보였다.

나는 그런 쪽은 아니었지만 나머지 두 친구는 몇 번이나 심령체험을 했다. 영감이 강한 아이들이라 이야기가 묘하게 디테일해, 닭살이 돋을 정도로 리얼리티가 있었다.

문득 침대의 시계를 보니 새벽 2시를 지나 있었다.

사실 나는 아까부터 털이 곤두서는 듯한, 정체를 알 수 없는 기척을 느끼고 있었다. 아니, 느끼고 있었다는 온건한 표현으로는 제대로 설명할 수 없을 만큼 심각했다.

나는 어째서인지 어느 장소가 너무나 무서워, 그쪽을 보지 못하고 있었다.

그 장소는 바로 통기구.

천장 약간 아래쪽에 있는 벽에 시커먼 직사각형 구멍이 휑하니 나 있다.

물론 스테인리스 격자는 끼워져 있지만, 나는 딱 그 구멍이 정면에서 보이는 위치에 앉아 있었다. 근거는 없지만 그쪽으로 시선을 보내기가 무서워서 친구 얼굴만 보고 있었다.

이윽고 4시가 되어 그만 자자는 얘기가 나왔다. 좁은 더블베드에 제각기 몸을 뉘였다.

잠시 지나자 친구 중 한 명이 심한 가위에 눌렸다.

가장 영감이 강한 아이로, 침대에 엎드린 채 땀을 줄줄 흘리며 괴로워했다.

괴로워하는 그녀의 몸이 딱 내 다리에서 허리까지 겹쳐

져 있었기에, 나는 침대에서 몸을 일으킬 수 없었다.

그러자 깨어 있던 또 한 명의 아이가 갑자기 침대에서 뛰어 내려왔다.

방을 가로질러 문을 쾅 열어젖히며, 동시에 비명 같은 목소리로 외쳤다.

"이 방, 공기가 너무 나쁘잖아!"

그때였다.

가위에 눌린 친구에게 깔려 움직이지도 못하고 천장만 보던 내 시야에, 어느 정경이 영상처럼 보였다.

긴 흑발의 여자가, 방에서 창문으로 유체처럼 스르륵 흘러 사라지는 것을….

하지만 생각해보면 이건 이상한 일이었다.

나는 일어나지 못하고 천장만 보고 있었는데, 그 광경이 뇌리에 들어왔으니.

그뿐이 아니다. 방 안에는 이해할 수 없는 일들이 일어나고 있었다.

작은 개인물품이 분명히 원래 장소에서 이동했다. 책상 위에 놔둔 누군가의 물건이 분실되기도 했다.

겨우 가위에서 풀려난 아이의 말에 따르면, 무서운 얘기 때문에 좋지 않은 것이 접근했다고 한다. 게다가 더블베드의 위치도 문제가 있었다고.

나는 위를 보고 움직이지 못하는 동안 머릿속에 떠오른 **보일 리 없는** 무시무시한 광경에 대해 이야기했다. 그리고 이변이 일어나기 전부터 통기구가 무서워서 볼 수 없었다는 이야기도. 그러자 그 친구는 터무니없는 대답을 했다.

긴 흑발의 여자는 바로 그 통기구에서 왔다는 것이다.

그리고 창문 쪽으로 나갔다고 한다. 그녀의 말에 따르면, 외부와 연결되는 통기구 같은 곳에서는 가끔 그런 사악한 것이 나온다고….

무슨 일이 있었는지는 모르지만, 나타난 여자의 집념이 믿을 수 없을 정도로 대단했다는 건 확실하다.

투고자 T코 (여성, 도쿄 도)

혼자 살기

친구는 대학 입학과 동시에 도쿄의 구시가지에서 하숙
생활을 시작했다.

본가인 지바에서 통학할 수도 있지만, 독립생활을 동경
하던 그는 낡은 목조 연립에서의 생활을 선택했다.

그런데 모처럼 독립해서 자유로운 생활을 시작해 놓고
도, 집요하게 친구들을 아파트로 오라고 권유하는 것이다.

권유를 받은 쪽은 재미있겠다는 생각에 다들 기꺼이 자
리 갔다.

하지만 아무래도 이상했다.

그의 방에서 묵으면 반드시 몸이 나빠진다고 한다.

그런 기묘한 체험을 한 사람이 늘고 소문이 퍼짐에 따라, 점차 다들 찜찜하다며 권유에 응하지 않게 되었다.

그는 원래 영의 존재를 믿는 사람이 아니었다. 하지만 혼자 사는 방에서는 아침에 일어났을 때 원인 불명의 불쾌감을 느끼게 되었다.

어쩌면 방에 뭔가가 있는 게 아닐까 하고 수상하게 생각해, 불안감을 못 이기고 친구들을 하나씩 방으로 불렀다는 것이다.

그때까지는 건강에 자신이 있었는데도, 충분히 잠을 자도 어째서인지 눈을 뜨면 몸이 축 늘어지고 피곤하다, 게다가 체중도 서서히 감소한다고 한다.

뭔가 병이라도 걸렸거나, 믿고 싶지는 않지만 영이나 풍수 같은 문제는 아닐까 하고 생각하게 되었다.

무거운 기분으로 괴로운 하루하루를 보내던 6월 초. 장마철 특유의 습한 밤의 일이었다. 여전히 원인불명의 피로가 풀리지 않은 몸으로 그는 축 늘어져 잠에 들었다. 다다미 바닥까지 몸이 잠겨 들어가는 허탈감이 있었다.

얼마나 잤을까…. 갑자기 그는 가위에 눌렸다.

위에서 꾹꾹 누르는 터무니없는 어둠의 힘에 온몸이 압박당했다.

그는 너무 괴로워 눈을 뜨고, 보이지 않는 뭔가로부터 도망치려 필사적으로 발버둥을 쳤다. 하지만 마음과 반대로 몸은 1밀리미터도 움직이지 않았다. 그저 맥없이 신음할 수밖에 없었다.

그때였다. 발이 있는 창문 쪽에서 등골이 서늘해지는 기척을 느꼈다.

마치 찬물을 뒤집어쓴 것처럼 순식간에 온몸에 소름이 돋는 걸 알 수 있었다. 미동조차 하지 않는 몸을 포기하고 눈알만 억지로 창문 쪽으로 향했다.

거기에는, 새카만 인간의 형태를 한 그림자가 둔중하게 서 있었다.

'…으, 으으!'

그는 눈을 부릅뜨고, 소리도 나지 않는 비명을 지르며 몸을 뒤틀려 했다.

가위에 눌린 몸은 꿈쩍도 하지 않았지만, 만약 조금이라도 움직인다면 기어서라도 그 자리에서 도망치고 싶었다. 목소리를 낼 수 있다면 으아아! 하고 소리치고 싶어지는 공포였다.

그 무시무시한 실루엣은 이윽고 머리부터 주르륵 무너져 내렸다. 젤리처럼 흐물거리는 그것은 끈적거리는 진흙 같은 검은 덩어리로 모습을 바꾸었다.

부글부글, 부글… 부글….

부패한 가스를 뿜는 듯한 불쾌한 소리를 내면서, 끈적거리는 아메바처럼, 그가 누운 방향으로 천천히 다가왔다.

그는 도망칠 방법이 없어, 마음속으로 계속해서 외치는 수밖에 없었다.

'어, 어이… 오지 마, 오지 말라고… 오지 마, 제발… 제바아아아알!'

필사적인 바람도 허무하게, 그 질척한 덩어리는 사냥감을 주무르듯 발밑에서 그의 몸 위로 기어 올라왔다. 부글… 부글…, 움직일 때마다 불쾌하기 짝이 없는 소리를 냈다.

그리고 천천히 기어오른 그것은, 사악한 의지를 갖고 있었다.

검은 덩어리는 발목에서부터 허벅지, 배, 그리고 가슴으로 똑바로 침범해왔다. 조금만 지나면 목에서 얼굴까지 뒤덮게 될 것 같았다.

마치 에일리언에게 농락당하는 듯한 절망감. 그것이 마

음껏 기어 다닌 끝에 진득한 점착질로 온몸을 덮으면, 생명력은 송두리째 빼앗길 것 같은 공포를 느꼈다.

검은 덩어리는 얼굴을 침식하는 곳까지 와 있었다.

그는 남은 기력을 전부 방출해, 온몸에 힘을 주고 저항했다.

'…우와아아아아!'

그것은 그의 얼굴 위를 느물느물하게 기어가 벽 속으로 빨려 들어갔다.

악몽은 끝났다. 동시에 강렬한 가위도 풀리고 밤의 정적이 돌아왔다.

'…이거였나. 내 생기를 빼앗아가던 녀석의 정체가….'

그는 이미 아무것도 생각할 수 없었다. 그저 구역질을 일으키는 역겨움만 남았다. 허탈감을 안고 그는 정신을 잃었다.

축 늘어진 몸으로 눈을 뜨니 이미 정오를 넘은 시각이었다.

그는 중병에 걸린 사람처럼 무거운 몸을 간신히 일으켜 세워, 꼭 필요한 짐만 들고 방에서 뛰쳐나왔다. 곧바로 본가로 옮겨, 다시는 그 집으로 돌아가지 않았다.

나중에 친구의 소개로 영능력자에게 영시를 의뢰했더니, 저승으로 이어지는 영의 길이 창문에서 벽까지 나 있다는 이야기를 들었다.

그 선상에 그는 매일 밤 무방비하게 몸을 드러내고 잤다는 것이다.

그리고 영능력자는 그의 생명력이 강해서 다행이라고, 덕분에 그 정도로 끝났다는 말도 했다.

혼길이 있었던 그 연립은 지금은 허물어지고 세련된 맨션이 세워져 있다.

하지만 혼길이 사라졌다는 보증은 없다.

투고자 **우사기** (여성, 도쿄 도)

가솔린 냄새

    내가 아직 고등학교에 다니던 시절, 가을에 일어난 일이다.

    중학교 때 같은 반이었던 친구가 자살했다. 강가에서 가솔린을 뒤집어쓰고 스스로 불을 붙이는 충격적인 사건이었다.

    그는 중학교에서 일진으로 불리는 존재였다.

    그는 모두가 두려워하는 존재라 누구도 이름을 편하게 부르지 못했다. 어째서인지 나만은 성이 아닌 이름을 부르는 것이 허용되었다.

    그 때문에 주위에서도 우리 둘을 상당히 친하게 보았던

것 같다. 하지만 그와 나는 사고방식, 관심사, 취미, 가정
환경을 비롯한 모든 부분이 달랐다.

그가 나에게 이름을 부르라고 허락해준 건, 어떤 의미
에서는 사는 세계가 완전히 다른 인간이었기 때문이라고
생각한다. 사는 세계가 다르기 때문에 친해질 수 있었던,
그런 관계였을지도 모른다.

그런 그가 갑자기 스스로 생을 마감한 것이다.

그로부터 이삼 년이 지난 어느 날, A병원에 그로 추정
되는 유령이 나온다는 이야기를 들었다.

애초에 나는 그가 A병원으로 옮겨졌다는 사실조차 몰
랐다. 그의 유령이 나온 건 내가 들은 바로는 두 번. 목격
자 중 한 명은 A병원에 입원한 환자 B씨, 또 한 명은 간호
사 C코 씨였다.

어느 쪽도 그와 아무런 관계가 없는 사람들이고, 게다
가 죽은 지 이삼 년이나 지나서 나타난 것이다.

대체 왜 이제 와서? 무익하게 흐른 시간과 무관계한 사
람들 앞에 **나타난** 의미란….

*

B씨가 병원에서 정신을 차렸을 때는 뭐가 뭔지 알 수 없었다. 본 적도 없는 장소, 본 적도 없는 사람들. 놀라서 일어나려 한 건 무의식중에 한 행동이었으리라.

"아, 가만히 누워 계세요."

여성의 상냥하지만 야무진 목소리가 들렸다.

목소리가 들린 쪽을 보자, 젊은 간호사가 치료를 하면서 웃으며 B씨를 보고 있었다.

"운전 도중에 사고를 당하셨어요. 기억하시나요?"

그 말이 계기였다. B씨가 사고가 난 순간을 떠올린 건.

건널목을 다 건넌 직후의 일이었다. 갑자기 시야 오른쪽에서 차가 나타났다. 어딘가 멀리서 날카로운 급브레이크 소리가 들렸다.

콰앙! B씨의 의식은 캄캄해졌다. 그때부터의 기억은 없다.

다행히 B씨의 부상은 그다지 심하지 않았다. 일주일만 지나면 퇴원할 수 있다는 의사의 설명을 급히 온 아내와 함께 들었다.

움직이면 뻐근한 목도 누워 있으면 딱히 아프지 않다.

처음 겪은 교통사고, 처음 하는 입원에 당황스럽기 그지 없었지만 소등시간이 되면 간신히 진정이 되었다.

B씨의 침대는 주위를 한 바퀴 둘러 커튼이 쳐져 있었다. 천장에서는 다른 환자들이 보는 텔레비전의 빛이 깜빡거렸지만, B씨는 어느새 잠이 들어버렸다.

몇 시나 되었을까, 퍼뜩 눈을 떴을 때는 이미 다들 자는지 천장의 빛은 사라져 있었다.

그때 코를 찌르는 가솔린 냄새를 느꼈다.

아니, 정확히는 가솔린 냄새 때문에 눈을 떴다고 할까. 마치 주유소에 있는 것처럼 강한 냄새였다.

"가솔린…?"

B씨가 중얼거린 순간 몸이 꽉 죄여드는 느낌이 들었다.

"……!"

전혀 움직일 수 없었다. 가위에 눌린 것이다. 몸이 싸늘해진다. 필사적으로 움직여보려 저항했지만 손가락 하나 움직여지지 않았다. 이마와 목덜미에 땀이 흘렀다.

무섭다…. 이제까지 느껴본 적이 없는 공포였다. 뭔가가 시작되려 하고 있었다.

갑자기 눈앞에 새카만, 뭔가의 잔해 같은 것이 몇 개나 보였다. B씨가 누운 침대 주위에 그것이 데굴데굴 굴러다닌다.

B씨의 눈에는 타서 눌어붙은 **무언가**처럼 보였다.

이상한 점은, 천장을 보고 누워 있는데도 꼭 몸을 일으킨 것처럼 그 광경이 보인다는 점이었다.

…그때 갑자기 가솔린 냄새가 강해졌다.

그와 함께 뭔가가 타는 악취도 났다. 역시 검게 굴러다니는 저것은 뭔가가 탄 흔적일지도 모른다.

몸은 여전히 움직이지 않지만, 가솔린과 타는 냄새는 구역질을 불러일으켰다.

그것은 갑작스럽게 일어났다.

B씨 주위에 펼쳐진 검게 탄 흔적… 그 한가운데에서 스으으윽 하고 더욱 큰, 사람 모양의 검은 덩어리가 나타난 것이다.

'우와아아아아앗…!'

비명을 지르려 했지만 목소리가 전혀 나오지 않았다.

몸은커녕 눈도 제대로 깜빡일 수 없어, B씨는 그저 그 검은 덩어리를 바라볼 수밖에 없었다.

다음으로 B씨의 공포에 박차를 가하는 일이 일어났다. 그 검은 덩어리가 조금씩 느릿느릿하게 다가온 것이다.

가솔린 냄새와 타는 악취는 점점 더 심해졌다. 게다가 B씨의 몸이 뜨거워지기 시작했다.

사람 형태를 한 검은 덩어리는 아직도 타닥거리며 불타고 있었다.

타서 그을린 인간 모양의 그것은 여전히 다가오고 있었다. 그리고 천천히 탄화된 오른손을 B씨 쪽으로 내밀었다. B씨가 의식을 유지한 건 여기까지였다. 기억은 거기서 마비된 것처럼 끝났다.

*

다음으로 이변을 겪은 사람은 간호사 C코 씨.

스태프가 적어 언제나 일에 쫓기는 날들이었다. 야간 근무였던 C코 씨는 야간 순찰도 끝나 한숨 돌리며 서류를 훑어보고 있었다.

피로 때문인지 갑자기 졸음이 찾아왔다. '안 되지, 안 돼'라고 머리를 흔들어 눈을 뜨려 했지만 금세 잠들고 말았다.

서류를 읽는 눈에서 초점이 풀려, 결국 의자에 앉은 채로 잠에 빠져들고 말았다.

싸늘한 공기에 이상함을 느껴 눈을 떴다.

'응…?'

야간근무를 하고 있었을 텐데, 한순간 자신이 어디에 있는지 알 수 없었다.

방이 어둡다. 정전이라고 생각했지만 금세 말도 안 되는 생각이라며 일축했다. 여긴 병원이니 만에 하나 정전이 되더라도 자가발전으로 즉시 비상전력이 공급된다.

C코 씨는 뭐가 뭔지 이해할 수 없게 되어 허둥지둥 몸을 일으키려 했다. 그때 몸이 전혀 움직이지 않는다는 사실을 깨달았다.

'앗! 가위…?'

병원에 괴담은 따르는 법이고, 어딘지 묘한 체험을 한 적도 있었다.

하지만 가위는 처음이다. 아무튼 침착해야 한다고 생각했다.

…그런데 그때.

매캐한 냄새가 코를 찔렀다.

'뭐지, 이 냄새…. 가솔린이잖아? 앗!'

냄새의 정체를 안 순간, C코 씨는 믿기 힘든 일이 일어났음을 깨달았다.

몸이 공중에 떠 있다…. 2미터 정도, 의자에 앉은 채로 몸이 떠 있는 것이다. 자신의 발끝이 책상 바로 위를 떠도는 것이 보였다.

갑자기 이제까지의 싸늘했던 공기가 뜨거워졌다. 마치 불 옆에 있는 것처럼.

가솔린 냄새가 더욱 강해졌다. 뭐가 뭔지 알 수도 없었다. 여전히 몸은 붕 떠 있고, 손끝 하나 움직일 수 없었다.

'아아, 무섭다….'

C코 씨는 소리도 내지 못하고 속으로 중얼거렸다. 겪어보지 못한 공포에 몸도 마음도 지배당해 어찌할 도리가 없었다. 절망감에 마음이 굴할 것 같았던 그때.

책상 너머에서 뭔가 검은 것이 보였다.

후끈한 더위와 가솔린 냄새….

뭔가 타서 눌어붙은 잔해와 같은 것이, 책상 반대편에 여기저기 굴러다녔다. 그리고 그 한가운데에 검은 사람

모양이….

"히이이이이이이익!"

목 안쪽에서 짧은 비명이 새어나왔다.

검은 실루엣은 점점 다가왔다. 그것이 다가올수록 보이지 않는 열기와 강렬한 가솔린 냄새가 C씨를 달구었다.

검은 실루엣이 숯처럼 검은 오른손을 앞으로 내밀었다.

'…구해줘, …구해줘, ……구해줘….'

검은 실루엣에서 미약한 파동처럼 마음이 전해져 왔다.

C씨에게는 이미 공포를 견뎌낼 힘이 남지 않았다. 무너지듯 그 자리에 쓰러졌다.

그 후, 침착함을 되찾은 C씨는 공포 체험을 동료에게 말했다.

그때 C씨는 하늘의 계시처럼 떠올렸다. 몇 년 전에 분신자살을 해서 병원으로 옮겨진 인물. 왠지 남고생 정도 되어 보였던 그가 바로 검은 실루엣의 주인이 아니었을까….

투고자 **익명** (남성, 지바 현)

시각, 청각, 후각, 미각, 촉각이라는 오감만으로는

감지할 수 없는 이세계의 파동.

남은 것은 원시에서 되살아난 육감뿐인가.

도망칠 길이 없는 미로의 끝에는 음산한 답이 준비되어 있다.

귀신

한여름의 태양이 저물어 공기가 선선해지자, 저녁을 먹은 후에 갓 두 살이 된 아들과 밤 산책을 나섰다.

집 근처 언덕길에는 수령 오륙십 년은 되었을 오래된 벚나무가 있다. 어째서인지 아들은 그 벚나무 밑동을 가만히 바라보았다.

왜 그러냐고 묻자, 나한테 가르쳐주듯 그곳을 가리키며 서툰 말로 "기신! 기신!" 하고 소리쳤다.

나는 어린애가 하는 말이라며 가볍게 흘려듣고, 별생각 없이 "그럼 귀신은 지금 뭘 하고 있지?"라고 물어보았다.

완전히 어린이 방송에 나오는 유령처럼 "휴우~"라고

말할 거라고 생각했는데, 예상외로 "가우!" 하고 짖는 듯한 대답이 돌아왔다.

의외의 반응이 재미있어, "어디에 있는데?"라고 다시 물었다.

그러자 "요~기~!" 하고 언덕 위쪽을 가로막듯, 팔을 뻗어 크게 좌우로 흔들었다.

물론 그곳에는 어둠만 펼쳐져 있을 뿐….

나는 더욱 재미있어져 좀 더 물어보려고 했지만.

스스슥, 하고 아이가 겁내듯 뒷걸음질 쳤다.

"왜 그래?"라고 묻자, "…무서어! 왔따!"라고 말하더니 2미터쯤 앞을 가리키고 내 쪽으로 도망쳤다.

그러고 보면 아내도 이 장소는 어쩐지 무섭다고 말했던 게 떠올랐다.

확실히 늙은 벚나무나 저택에 무성한 나뭇가지가 길을 뒤덮어 어두운 건 사실이다. 그런 기척을 민감하게 느끼는 거라고 생각해, 싫어하는 아이를 달래며 앞으로 나아갔다.

산책을 끝내고 아이와 함께 목욕을 했다.

갑자기 반쯤 장난기가 발동해, 아까처럼 "귀신은 어디에 있니?"라고 물어보았다. 그러자 아들은 욕조에서 장난감을 가지고 놀던 손을 멈추고, 나에게서 시선을 피했다.

"요~기!"

이게 웬일인지 내 등 뒤를 가리켰다.

설마… 달고 온 건가?

'…야, 그건 아니잖아.'

투고자 **아키라 아빠** (남성, 후쿠오카 현)

190

담력 시험

내가 사는 동네에는 심령 스팟이라 불리는 장소가 몇 군데 있다.

전국적으로 유명한 곳도 있는데, 무서운 걸 아는 이 지역 사람은 술에 취해도 밤에는 절대 접근하지 않는다.

젊은 녀석들끼리 모여서 술을 마시다가, 술기운을 빌려 터부시되는 담력 시험을 하러 가자는 이야기가 나왔다.

"좋아. 그럼 오늘 밤에 둘씩 나뉘어서, 각자 다른 장소로 가자."

제일 의욕적이었던 남자가 그렇게 정했다. 멤버 여덟 명은 남녀 둘씩 네 팀으로 나눠 자신들이 가고 싶은 장소로 가기로 했다.

"보고는 내일 모여서 하자."

우리는 그렇게 약속하고 흩어졌다. 내가 A코와 간 곳은 어느 들판이었다.

호수가 보이는 산 중턱에 있는 이곳은, 토박이들에겐 꽤 위험시되는 장소였다.

좀 더 편하게 갈 만한 곳을 고르고 싶었지만 다른 녀석들에게 선점당해, 남은 곳은 초일급 심령 스팟이라 불리는 그 들판밖에 없었다.

게임이라서 도저히 물러설 수 없는 상황이라, 마지못해 그 연못으로 가기로 했다.

울창한 나무들과 생물의 기척조차 느껴지지 않는, 들판으로 가는 컴컴한 길. 그야말로 심령 스팟에 접근하기에 딱 맞는 으스스한 분위기가 감돌았다.

임도 안쪽에 차를 댔다. 내리자마자 정체를 알 수 없는 오싹오싹한 기운이 등줄기를 타고 올라왔다. 아무 소리도 나지 않는 캄캄한 산길에, 거인처럼 가지를 늘어뜨린 큰 나무들이 머리 위를 덮고 있었다.

당연히 여기까지 와서 물러설 수는 없다. 나는 꺼려하는 A코를 데리고서 걷기 시작했다.

고작 몇 분밖에 걷지 않았는데, A코가 "여긴, 절대로 안 가는 편이 나아…"라고 진지하게 말했다.

A코의 얼굴은 어둠 속인데도 창백하다는 걸 알 수 있을 정도였다.

처음에 나는 A코가 안 좋은 짓을 당할지도 몰라 경계하는 거라고 착각했다.

"걱정하지 마. 아무 짓도 안 할 테니까."

안심시키려고 그런 말을 하고, 반 억지로 손을 끌고 걷기 시작했다.

A코는 잠시 무거운 발걸음으로 따라왔지만, 결국 도중에 멈춰 서서 울음을 터뜨리고 말았다. A코의 손은 차갑고 몸은 덜덜 떨렸다.

"어쩔 수 없네. 그럼 그만 가자."

나 스스로도 안심하면서, 도중에 돌아가기로 했다. 실은 나도 심상치 않은 무거운 공기를 느꼈기 때문이다.

A코를 차로 집까지 바래다주고 오후에 전화 달라고 말한 후에 심야의 도로를 달려 집으로 돌아왔다.

나는 지쳐 완전히 곯아떨어졌는데, 다음 날 아침 7시쯤 A코한테서 전화가 걸려왔다.

"야, 내가 오후에 전화하라고 말했잖아!"

수면 부족으로 다소 짜증이 나서 나는 언성을 높이고 말았다.

하지만 A코의 상태가 영 이상했다.

"어제, 집에 돌아갔더니, 엄마가 깨어 계셨어…."

한순간 그건 큰일이라고 생각했다. 부모님 입장에선 미성년자도 섞인 젊은이들끼리의 모임이니, 늦은 밤까지 딸이 안 들어온다면 화를 내실 만하다고 생각했다.

"어머니께서 화 많이 나셨어?"

"아냐, 그건 아닌데…. 그게…."

뭔가 애매모호한, 말하기 껄끄러워하는 말투였다.

다소 강하게 재촉하자 "실은…" 하고 A코는 무거운 입을 열더니 놀라운 이야기를 했다.

어젯밤에 A코가 귀가한 후에, 어머니의 베갯머리에 어떤 남자의 유령이 나타났다는 것이다.

A코의 어머니는 영감이 상당히 강한 데다 담력까지 있어, 움츠러들지도 않고 남자에게 어째서 여기까지 왔는지 물어보았다고 한다.

그가 대답하기를, 그곳에서 손을 잡고 걷는 우리를 보

고 부럽다고 생각해 따라왔다는 것이다.

"그 아이들은 악의가 있어서 당신이 있는 곳으로 간 게 아니야. 있어야 할 곳으로 돌아가야지…."

어머니는 부드러운 말투로 설득했다고 한다.

그러자 그 말에 납득했는지 외로운 표정을 지은 후에 조용히 사라졌다고 한다.

아침 일찍 깬 A코는 어머니에게서 엄하게 혼이 났다.

"너, 어젯밤에 가서는 안 되는 곳에 갔지! 장난으로 그런 곳에 가면 안 된다!"

혼나면서 A코는 놀랐다. 둘밖에 모르는 그 장소를 어머니가 알고 있었기 때문이다. 이야기를 듣던 나도 깜짝 놀랐다.

어머니의 베갯머리에 서 있던 남자의 유령…. 생각해보면, 그는 그 장소에서 우리를 따라와서 차를 타고 A코의 집까지 갔다는 게 된다.

물론 돌아오는 산길에서든 차 안에서든, 우리 둘에게 남자는 보이지 않았다.

그 후로 나는 한동안 밤에 놀러 다닐 엄두도 내지 못했다.

투고자 scotti (남성, 나가노 현)

구급용 엘리베이터

내 아내는 어느 병원에서 간호사로 일하고 있다.

병원은 신관과 구관으로 나뉘는데, 각각 엘리베이터가 2기씩 있다.

신관에는 일반용과 구급용이 있고 구급용 엘리베이터의 안쪽 정면에는 커다란 거울이 붙어 있다.

흔한 이야기지만, 예전부터 그 거울에 유령이 비친다는 소문이 있었다.

아내는 언제나 구관의 엘리베이터를 썼는데, 그날은 다른 용건이 있어 신관 쪽으로 갔다가 문제의 엘리베이터를 쓰게 되었다.

시간은 오전 1시를 지나서.

별 생각 없이 위로 가는 버튼을 누르자, 두 개의 엘리베이터 중 1층에 멈춰 있던 응급용 엘리베이터의 문이 귀에 거슬리는 덜컹거리는 소리를 내며 열렸다.

거기에 타서 5층 버튼을 눌렀다. 그 순간 아내는 "아차!"라고 생각했다고 한다.

왜냐하면 안쪽 거울에서 엄청나게 안 좋은 기운이 느껴졌기 때문이다.

'큰일났네, 싫은데….'

등줄기를 타고 올라오는 냉기에 오싹오싹하면서, 거울에서 등을 돌리고 층수를 표시하는 램프만 노려보았다.

'제발… 빨리 5층에 도착해라…!'

엘리베이터는 믿을 수 없을 만큼 느리게 올라갔다. 초조해 하면서도 꾹 참고 있자니, 갑자기 덜컥! 드드드… 라는 엄청난 충격음을 내며 도중에 멈춰 버렸다.

'아아, 잠깐, 농담하지 마. 구, 구해줘….'

머릿속에서 SOS를 날렸다. 무서워서 목소리를 내기도 힘든 싸늘하게 긴장된 공기. 아내는 목소리도 내지 못하고 몸도 움직이지 못하고, 눈만 움직여 다음으로 일어날지 모르는 공포에 대비했다.

엘리베이터는 3층과 4층 사이에 멈춰 있는지, 3과 4의 표시 램프가 번갈아 눈부시게 점멸했다.

혼자 남겨진 불안함에 눈을 꽉 감고, 이 시간이 한시라도 빨리 지나가기를 기다렸다.

바로 그때.

등 뒤의 거울에서 검은 그림자가 스멀스멀 배어나와, 몸에 들러붙는 것을 느꼈다.

'안 돼…. 이대로는, 홀려 버릴 거야….'

그렇게 직감한 아내는, 마음속으로 검은 그림자를 향해 강하게 욕설을 내뱉었다.

'나는 이 신관 간호사가 아니거든! 너 따위가 누군지도 몰라, 저리 꺼져, 얼간아! 아아, 짜증 난다고!'

그러자 안개가 걷히듯 검은 그림자는 사라지고, 그 대신 맑고 상쾌한 뭔가가 다가오는 것을 느꼈다.

'흥, 안 속아!'

아내는 눈을 꽉 감고서 그렇게 완강하게 생각했다.

언제 엘리베이터가 움직이기 시작했는지는 기억하지 못한다. 들러붙은 기운도 약해져 조심스럽게 눈을 뜨자 5층에 도착해 있었다.

울상을 짓고서 용건을 끝마치자 아는 간호사가 지나갔다.

용기를 내서 아까의 일을 이야기하자,

"아아, 이 시간은 안 돼. 거울에서 유령이 나오거든…."

그녀는 별 거 아니라는 듯이 말했다.

"사망한 환자인 K할머니가 거울에서 나타나거든. 고맙다고 말한다던데. 아하, 너도 봤구나! 아하하하."

신관에서는 일상다반사라는 듯이 그 간호사는 말했다.

그리고 그녀는 떠나가며 이렇게 덧붙였다.

"아, 맞다. 시간이 어긋났을 테니까, 손목시계 다시 맞추는 거 잊지 마."

그 말대로 어째서인지 15분 정도 느려져 있었다.

그건 딱 엘리베이터가 멈춰 있던 시간이었다.

투고자 **오야지** (남자, 가나가와 현)

임대점포

내가 사는 집 바로 근처에, 임대점포가 하나 들어간 건물이 있다.

하지만 어째서인지 그 점포의 세입자가 툭하면 바뀐다.

내가 처음 이사 왔을 때는 확실히 잡화점이 있었다. 그런데 석 달도 되기 전에 유행하는 운동화 따위를 파는 신발가게가 되었다.

하지만 그것도 2년도 채우지 못하고 가게가 망했다. 사람도 많이 다니고 모퉁이에 자리한 매물이라 입지가 나쁜 것 같지는 않은데, 이상하게 어떤 가게도 오래 버티지 못한다.

그리고 또 가게가 바뀌었는지 또 인테리어 공사가 시작되었다.

'자, 이번에는 어떤 가게가 들어올까? 얼마나 버틸까…'

제멋대로의 억측을 안고서, 나는 반쯤 재미로 매일 진행되는 공사를 지켜보았다.

그러다가 이상한 점을 깨달았다. 인테리어가 마무리되고 가게 안에 집기 설비가 들어오면서, 어째서인지 가게가 점점 어두운 인상으로 변하는 것이다.

보통은 집기가 들어오면서 가게다운 화사함이 갖춰진다. 그런데 사람이 없는 가게 내부는 오히려 날이 갈수록 음산해져 갔다.

나는 뭐라 말하기 힘든 두려움을 느껴, 한동안 가게 안을 보지 않기로 하고 서둘러 그 자리를 지나치기로 했다.

시간이 흐르고 보니 이번 가게는 미용실인 것 같았다.

길에 면한 쪽은 투명 유리가 끼워져 밖에서 가게 안이 잘 보였다. 덕분에 안이 훤히 보여 공사가 진척되는 모습이 싫어도 눈에 들어왔다. 어두운 이미지만 참는다면 상당히 재미있는 풍경이었다.

매일 역에서 집으로 돌아갈 때, 조금씩 내부가 갖춰지는 모습을 다시 흥미진진하게 볼 수 있게 되었다.

이윽고 가게 앞에 종이가 붙었다. 조만간 미용실이 개점한다는 안내였다.

그날은 어지간히 무덥더니 결국 저녁에 거센 비가 쏟아졌다. 공교롭게도 우산이 없었던 나는 역에서 뛰어서 집까지 돌아가려 했다.

하지만 빗발이 너무 거세서 도중에 어쩔 수 없이 비를 피해야 했다. 처마가 있는 곳은 개점을 앞둔 아무도 없는 가게…. 즉 그 미용실 앞밖에 없었다.

쿠르르르르릉…! 배를 낮게 진동시키는 천둥소리가 머리 위에서 떨어졌다. 흠뻑 젖은 나는 머리카락을 가게 유리에 비춰보며 빗물을 두 손으로 털어냈다.

머리카락에 손을 대고, 빗방울을 후드드득 털어버린 내 모습이, 어두운 가게 내부 때문에 안경처럼 변한 유리에 반사되었다.

나는 그 모습을 보다가 '응?' 하고 생각해, 머리카락을 털던 손을 멈췄다.

뭔가가, 이상하다… 뭔지는 확실하지 않지만, 어딘지 이상하다….

유리에 반사된 자신의 모습을 바라보며, 나는 형용할 수 없는 위화감을 느꼈다.

'대체… 대체 나는, 뭘 신경 쓰고 있는 걸까….'

여전히 비는 그칠 생각을 하지 않는다.

나는 어두운 하늘을 올려다보며 다시 뛸지 말지 고민하고 있었다. 이 장소에는 오래 있고 싶지 않았다. 언제 그칠지도 모르는 비를 피하려니 마음이 무거웠다.

조금 젖더라도 뛰자고 결심한 바로 그때. 갑자기 나는 아까 격렬하게 느낀 위화감이 무엇인지 이해했다.

그것은 흔한 일상의 광경과는 다른, 이해할 수 없는 현상이었다.

내가 비를 피하는 가게는 아직 개점하지 않았다. 당연한 일이지만 가게 안에 조명이 들어와 있지 않아 어둡다. 그건 안다.

하지만 시선을 밖으로 향하면 주위에는 다양한 가게들이 늘어서 있고, 거리는 빛으로 넘쳐난다. 그런데… 아무리 그래도 이 가게는 너무 어둡다. 이상하리만치 어두운 것이다.

길 쪽에 설치된 커다란 유리는 투명하다. 아무리 가게에 조명이 꺼져 있다고 해도 투명 유리를 통해 주위에 가득한 빛이 어느 정도는 들어가야 정상이다.

그 증거로, 어제까지는 가게 안의 상황이 밖에서 들어온 빛으로 제대로 보였잖은가….

그 사실을 깨달았을 때, 나는 주저 없이 전력으로 달리기 시작했다. 뭔가 숨겨진 진상을 떨쳐내듯.

이제는 결코 뒤를 돌아봐선 안 된다는 기분이 들었다. 가게의 어둠 속에서 꿈틀거리는 응어리 같은 것을 본 기분이 들었다.

격해지는 비를 맞으며 나는 더욱 속도를 올렸다. 그 정체 모를 '기'에 사로잡히지 않기 위해서.

커다란 투명 유리 속의 어둠은 대체 무엇이었을까.

그 어둠 속에 **무엇이** 숨어 있었던 걸까.

무엇이 들어와도 오래 버티지 못한 가게의 수수께끼는, 그 깊게 괸 어둠 속에 답이 있다는 생각이 들었다.

블랙홀처럼 안으로 끌려들어갈 것 같았던 그 어둠.

무난한 일상 속에서, 아무도 알지 못하는 마물이 가만히 함정을 깔아둔 것 같았다.

투고자 **헤이타로** (남성, 도쿄 도)

검은 옷의 남자

고등학교에 진학한 지 얼마 되지 않아, 나는 과로로 쓰러지고 말았다.

체력 부족에다 익숙하지 않은 고등학교 생활이 더해져 피로가 쌓인 것이다.

나는 요양 중에 시설의 방에서 푹 잠을 잤다. 6인실의 다른 사람들은 창가에서 공부를 하고 있는 듯했다.

나는 침대에서 기묘한 꿈을 꾸고 있었다. 어째서인지 공중에 붕 떠 있고, 아래를 보니 바늘처럼 뾰족한 바위가 우뚝 선 모습이 보였다. 문득 기척을 느끼고 오른쪽을 보자, 어떤 남자가 나처럼 둥둥 떠서 날고 있었다.

그 사람은 온통 검은색 옷에 어째서인지 몸 왼쪽이 피

투성이였다. 피로 물든 고통스러운 얼굴로 나를 보더니 그것이 신호라는 듯이 앞으로 스르륵 날아갔다. 나는 어째서인지 그에게 이끌리듯 딱 붙어서 따라갔다.

얼마나 날았을까…. 나는 어느새 커다란 검은 구멍으로 이끌려갔다.

뻥 뚫린 그 구멍에 들어가려던 순간, 친구의 목소리에 눈을 떴다.

깨닫고 보니 내 침대 주위에 방 사람들이 전부 모여 있었다. 어딘지 걱정스러운 눈빛으로 보던 친구가 말했다.

"무슨 일 있어? 괜찮아? 너, 눈을 뜬 채로 자고 있었어…."

여기에는 조금 놀랐다. 눈을 뜬 채로 자고 있었다고 하는데, 그럼 그 꿈은 어떻게 꿨을까 하고 생각했다.

이상한 일은 그게 끝이 아니라 시작이었다.

나는 그다음 날부터 언제나 누군가의 기척을 느끼게 되었다. 그와 동시에 빈번히 가위에 눌리는 체질이 되었다.

'혹시 그 이상한 꿈이랑 관계가 있는 걸까….'

어쩐지 그렇게 연관 짓게 되었다.

그런 날들을 일주일쯤 보냈을 때, 다른 병동에 입원 중인 아는 언니가 지나가던 나를 일부러 불러 세웠다. 언니는 한참 머뭇거리다가 말했다.

"네 뒤에 남자가 들러붙어 있어."

"뭐?! 누구? 어떤 사람인데?"

의외의 지적에 나는 놀라서 되물었다.

"검은 옷을 입고… 엄청 심하게 다친 사람….."

"……!"

나는 대답할 말을 잃었다. 그야말로 내가 꿈에서 본 그 사람이었다.

꿈 이야기는 누구에게도 하지 않았는데, 어떻게 그렇게 딱 맞힌 걸까.

나는 어안이 벙벙해져 곧바로 뭔가 말하려 했지만, 제대로 입 밖으로 나오지 않았다. 꿈 이야기는 어째서인지 말하지 않는 편이 좋겠다는 느낌이 들었다.

"너, 제령을 하는 편이 좋겠어."

언니는 진지한 눈빛으로 그렇게 말하고 떠나갔다.

나는 순순히 언니가 한 말을 믿었다. 친척이 운영하는 절에 부탁해 제령을 했다.

다행히 그 후로 피투성이의 남자가 나오는 꿈은 꾸지

않게 되었다. 나에게 들러붙은 것도 사라진 듯했다.

하지만 누군지도 모르는 그 피투성이 남자는, 대체 왜 나한테 붙어 있었던 걸까….

투고자 **토모나리 유키미** (여성, 효고 현)

성터

친했던 우리 남자 6인조는 졸업 후에 각자 다른 고등학
교에 진학하게 되었다.

고등학교에서는 분위기에 잘 섞이지 못한 탓에 주말마
다 원래의 여섯이 모여서 놀았다.

그런 어느 날, 내가 고등학교에서 들은 심령 스팟 이야
기가 화제에 올랐다.

그 장소는 우리가 사는 동네에서 상당히 먼 곳에 있는
어느 성터였다. 목을 매달아 자살한 사람이 둘이나 나와
이 지역에선 유명했다.

저녁 7시, 우리는 어두워지기 시작한 시간대에 억지로
분위기를 만들어 그곳으로 향했다.

전철로 15분, 역에서 걸어서 또 20분 정도 걸리는 거리였지만 가까이 갈수록 인가도 적어지고 모두의 기분도 움츠러들었다.

마을 외곽에 있는 성터는 조명도 없고 주변보다 더 깊은 어둠이 소용돌이치는 듯해서, 이상하리만치 무거운 분위기로 가득 차 있었다. 사람들 눈을 피해 자살하는 사람이 있었던 것도 이해가 갔다.

검게 우거진 나무들 옆에는 이끼로 완전히 덮인 무덤이 다섯 개 정도 보였다.

우리는 최대한 무덤을 보지 않도록 그곳을 지나, 겨우 음침한 장소를 빠져나가 성터 공원에 들어갔다.

성터는 잔디가 심어진 탁 트인 공간이었다. 고개를 드니 하늘에는 별이 가득해, 심령 스팟이라기에는 너무나 개방적인 장소였다.

"뭐야, 고작 이 정도였나."

상당히 긴장했던 우리는 맥이 빠져 버렸다.

반쯤 안심하면서도 할 일도 없어 잠시 그 자리에 있었다. 하지만 할 게 정말 아무것도 없었기에 다시 왔던 길을 그대로 되돌아왔다.

그때였다. 이변이 일어난 건….

T군의 발걸음이 납을 단 것처럼 무거워졌다. 걸으면서 거친 숨을 몰아쉬었다.

성터를 빠져나와 잠시 걸어, 오래된 무덤이 늘어선 장소로 왔을 때였다.

T군은 "괴로워…"라며 몸을 꺾었다.

마치 응급환자처럼 용태가 급변했다. 우리는 간신히 역에 도착해, 근처 라멘집에서 잠시 쉬면서 상황을 보기로 했다.

하지만 T군은 의자에 앉아도 좋아지기는커녕 등을 둥글게 말고 숨만 몰아쉬었다. 안색도 새파래서 라멘은 한입도 먹지 못했다.

한 시간 정도를 가게에 있었는데도 전혀 회복되지 않았다. 주인아저씨도 걱정하시는 듯해서 일단 돌아가자며 가게에서 나왔다.

너무나 괴로워 보였기에 양쪽에서 어깨를 부축해 걷기 시작한 순간, T군은 갑자기 앞으로 콰당, 하고 쓰러졌다.

"야, T, 괜찮아?"

우리는 놀라서 몸을 웅크린 T군을 흔들었다. 어떻게 해야 좋을지 알 수 없었다.

"지금, 뒤에서… 누군가가 올라탔어…."

T군은 헐떡거리면서 영문을 알 수 없는 말을 간신히 내뱉었다.

"대체 무슨 소리를 하는 거야. 누가 올라탔다고 그래!"

그렇게 고함쳤지만 T군에게 뭔가 터무니없는 일이 일어났다는 건 알 수 있었다. 이대로는 안 된다고 생각해 우리는 T군을 껴안다시피 해서 전철에 탔다.

T군은 전철 시트에 앉아 있을 때도 내내 몸을 반으로 접고 있었다.

"괴로워…. 심장을 잡혔어…."

창백한 얼굴로, 영문을 알 수 없는 소리만 반복했다. 이마에선 진땀이 흘렀다. 흔들거리는 전철 안에서, T군의 괴로움은 마치 영원히 이어질 것만 같았다.

겨우 우리가 내리는 역에 도착했다. 문이 열리기를 기다려 T군을 안고 플랫폼을 내려갔다. 시원한 바람이 불어 기분이 맑아지는 느낌을 받았다.

신기한 일은 그때 또 일어났다.

그렇게나 괴로워하며 몸을 구부리고 신음하던 T군의

표정이, 점차 편안함을 되찾은 것이다.

"어라아? 다 나았어!"

T군은 눈물을 글썽거리며 그렇게 말하더니, 아무 일도 없었다는 듯이 몸을 곧게 폈다.

그야말로, 들러붙어 있던 게 떠나갔습니다, 라는 식의 극적인 변화였다.

장난삼아 갔던 심령 스팟에서 T군은 대체 무엇을 달고 왔던 걸까.

투고자 tere (남성, 도쿄 도)

폭포

초등학생 때, 나라 현에서 사는 숙모와 우리 가족이 체험한 불가사의한 일.

"저번에 말이야, 내가 정말로 마음이 차분해지는 장소를 발견했거든."

여름방학의 어느 날, 숙모가 기쁜 표정으로 우리에게 말했다.

나는 숙모가 온천을 좋아한다는 걸 알기에 또 온천에 가는 거냐고 물었다.

"아니야! 폭포야! 폭포지만 엄청나게 예쁘단다. 그러니까 오늘 다 같이 가자!"

누구도 거부할 수 없는 말투였기에 숙모와 우리 가족이 함께 모여 가기로 했다.

폭포에 도착해서 보니 확실히 자연의 매력으로 충만한 정말 예쁜 곳이었다. 하지만 나는 어째서인지 오한이 들었다. 이곳에서의 모든 일을 누군가가 보는 느낌이 들어서, 기분이 나빠서 참을 수가 없었다.

도저히 견디지 못하고, 나는 숙모에게 힘드니까 오늘은 그만 돌아가고 싶다고 말했다.

도착한 지 얼마 되지도 않았기에 숙모는 의아하다는 표정을 지었다.

돌아가는 차 안에서 할머니가 나에게 조용히 말했다.

"애야, 앞으로는 저 폭포에 얼씬도 하지 말거라. 나는 아까 넘어질 리가 없는 곳에서, 꼭 누가 잡아당긴 것처럼 뒤로 넘어졌지 뭐냐. 그래서 손을 짚은 곳을 보니까…. 눈앞에 죽은 사람의 묘비가 있는 거 아니겠니. 이 할미는 영 느낌이 좋지가 않구나."

나는 그 이야기를 듣고, '역시!' 라고 생각했다.

하지만 이제는 갈 일이 없을 거라는 생각에 크게 신경

쓰지 않았다.

그런데 일주일 정도 지난 백중 연휴. 저녁 식사가 끝나자 갑자기 숙모가 지금부터 그 폭포에 가자는 말을 꺼냈다. 숙모는 자신의 손주도 데리고 간다고 했다.

그러자 할머니는 이번에는 필사적으로 말렸다.

"안 된다, 가면 안 돼! 이런 시간에 데리고 가면 절대로 안 된다!"

진지한 할머니의 얼굴은 지금도 잊을 수 없을 정도였다.

숙모는 어쩔 수 없다는 느낌으로 "그럼 우리만이라도 갈까"라고 끈질기게 말했다.

우리란 숙모, 나와 어머니, 작은할아버지 부부를 말한다.

작은할아버지 부부는 폭포에 조금도 관심이 없었지만, 숙모가 술을 마셨기 때문에 대신 운전할 사람이 필요해 마지못해 가게 된 것이다.

폭포에 도착해보니 아무리 여름이어도 이미 어두워져 관광객은 아무도 없었다. 떨어지는 폭포의 물소리만 으스스하게 메아리쳤다.

폭포의 물가를 보러 갔을 때, 숙모가 내 손을 강하게 쥐었다.

갑작스러운 일에 놀라서 가만히 있자니 의미불명의 말

을 중얼거리면서 나를 끌고 폭포 쪽으로 다가갔다.

"싫어! 그쪽은 무섭다고!" 나는 필사적으로 소리쳤다.

그러자 뭔가 이상하다고 생각했는지 어머니가 나를 잡아당겨 숙모의 손에서 벗어나게 해주었다.

숙모는 나를 노려본 후에, 몸을 빙글 돌려 혼자서 폭포로 빨려 들어가듯 걸어갔다.

갑자기 바람이 강하게 불고 수면이 요동쳤다. 주위의 나무들이 쏴아아아 하는 소리를 내며 더욱 어두워졌다

우리는 안 좋은 예감이 들었다.

"위험하다니까! 이리로 와요!" 모두 입을 모아 크게 외치며 말리려 했다.

그런 목소리도 들리지 않는지 숙모는 계속해서 물속으로 들어갔다. 우리가 외칠 때마다 바람이 강하게 몰아쳤다.

다리나 치마가 흠뻑 젖어도 상관하지 않고, 숙모는 뭔가에 홀린 듯이 폭포 쪽으로 첨벙거리며 걸어갔다. 물속에 돌멩이가 많은지 걸음걸이도 위태로워 보였다.

뭔가에 발을 잡혀 상체가 앞으로 고꾸라졌다. 나는 "숙모!"라고 외쳤다. 숙모는 그대로 폭포 앞에서 넘어져 머리

를 바위에 부딪쳤다.

구하러 가서 그 바위를 보자… 경이 쓰여 있었다.

나중에 들은 이야기인데, 숙모가 머리를 부딪친 장소는
그 폭포에서 자살한 사람이 발견된 곳이라고 한다.

투고자 **마린** (여성, 효고 현)

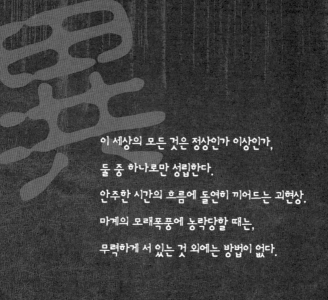

이 세상의 모든 것은 정상인가 이상인가,

둘 중 하나로만 성립한다.

안주한 시간의 흐름에 돌연히 끼어드는 괴현상.

마계의 모래폭풍에 농락당할 때는,

무력하게 서 있는 것 외에는 방법이 없다.

문제의 집

생각해보면 그 집은 예전부터 어딘지 이상했다.

어린 시절에는 그 집 남자아이와 사이가 좋았기에 몇 번쯤 놀러 간 적이 있었다. 단, 그때는 아무런 이상도 느끼지 않았다.

그 후에 그 가족은 집을 신축해 이사를 갔는데, 우연일지도 모르지만 이사 직후에 아버지가 사고를 내서 피해자가 사망했다고 한다.

결국 새집은 금세 처분할 수밖에 없었다.

다음으로 그 집에 이사 온 가족은 밤에 차를 타고 황급히 나가 아침까지 돌아오지 않는 일이 빈번했다.

이것도 어쩌면 그 집에 뭐가 있어서 그랬던 게 아닐까,

라고 상상해본다.

그리고 무슨 인연인지, 우리 가족이 그 집으로 이사하게 된 건 내가 취직해 상경했을 때였다.

내가 고향을 떠나 있는 동안 가족은 주인이 없어진 그 집으로 이사했다.

새로운 **우리 집**으로서 내가 처음 발을 들인 건 어느 연말. 정월 휴가로 귀성했을 때였다.

도쿄에서 다섯 시간이나 걸려 도착하고 보니 이미 오후였다. 집에 들어가는 순간부터 어쩐지 진정이 되지 않았다. 처음에는 익숙하지 않아서라고 생각했다.

이변을 느낀 때는 밤 8시경이었다.

'영'의 존재라기보다는 집 전체의 공기가 확 변한 것이다. 갑자기 중압감이 생겼다고 할까, 공격적이 되었다는 느낌.

영감이 강한 어머니나 여동생에게 말했지만, 둘 다 아무것도 느껴지는 게 없으니 내 기분 탓이라는 소리만 들었다.

잘 시간이 되어도 공격적인 분위기는 변하지 않았다. 가위에는 눌리지 않았지만 잤다간 죽을지도 모른다고 생각할 정도로 압박감은 강렬했다.

결국 나는 한숨도 자지 못했다. 수면 부족과 피로감으로 몸이 축 쳐졌지만, 갑자기 그때까지의 중압감에서 해방되었다.

아버지가 신사에서 새 부적을 사 와서 교환한 순간이었다.

기분이 좋아졌기에 어머니와 여동생에게 어젯밤의 기척에 대해 이야기했다.

"도쿄에서 돌아올 때 이상한 영에 홀린 거 아니야?"

불안은 일축당하고 집에 정체 모를 뭔가가 있다는 말도 부정당했다.

오히려 '이 집에는 신이 계셔'라고 말했다. 밤에 거실에서 다수의 뭔가가 시끄럽게 떠드는 것이다.

"꼭 텔레비전을 켜놓은 것처럼 남녀 몇 명이서 대화하는 목소리가 들리거든. 무섭지 않으니까 그건 분명 신이야."

어머니는 아무런 근거도 없이 말했다. 나도 귀찮아져서 '아, 그래?'라고 대답하고 끝냈다. 뭐, 사소한 영이라면 무섭지 않다고 생각했기 때문이다.

몇 달 후, 나는 일을 그만두고 시골로 돌아왔다.

나도 집에서는 몇 번이나 버라이어티 방송처럼 신들의 대화라던 남녀의 목소리를 들었다. 하지만 일단 아무 피해도 없었기에 방치해 두었다.

하지만 역시 그것은 신이 아니었다.

그 목소리의 주인들이 돌변한 건 애견이 죽었을 때부터였다.

애견에게 사망 징후는 전혀 없었는데, 갑자기 괴로워하다가 맥없이 죽어버렸다.

신경이 쓰이는 건 죽기 몇 달 전부터, 밤이 되면 밖을 향해 겁에 질린 것처럼 으르렁거렸다는 점. 그리고 죽은 날에는 이제까지 보지 못한 여러 종류의 붉은 벌레들이 집 안을 잔뜩 기어 다녔다는 점.

애견을 잃은 우리 가족의 슬픔이 약점이 되어, 그때까지 집에 들어오지 않았던 **뭔가**까지 끌고 들어온 걸지도 모른다.

집 안의 '기'가 변했다는 생각이 들었다.

콘센트를 뽑은 라이트가 제멋대로 켜지거나, 만지지도 않았는데 비디오테이프가 되감기거나, 라디오가 요란하게 소리를 내기 시작하거나….

게다가 세면장의 세탁기가 흔들거리기 시작했다.

세탁기를 돌릴 때가 아니어도 제멋대로 덜컹거리면서 좌우로 흔들렸다. 콘센트를 뽑든 말든 상관하지 않고.

처음 그것을 본 어머니는 놀라서 도망쳤다고 하는데, 몇 번이나 계속되자 오히려 재미있어하며 덜컹덜컹 소리가 나면 가족 모두가 보러 가게 되었다.

그에 호응하듯 집에서 찍은 사진에 수많은 구체가 찍히게 되었다.

*

그런 괴이가 이어진 지 2년이 지났다.

그동안 근처 노인들이 잇달아 죽어, 주위에 빈집이 늘어나게 되었다.

우리 집 맞은편에 살던 사촌도 근처에 집을 지어 이사

를 가고, 또 빈집이 늘었다.

이것도 무슨 인연인지, 1년도 되기 전에 사촌의 아버지가 암으로 돌아가셨다.

전부터 느낀 점이 하나 있는데, '집'뿐 아니라 이 일대의 '토지' 자체가 다른 지역보다 습도가 어마어마하게 높다.

공기가 이상할 정도로 무거운 이유였다.

그 후, 놀랍게도 돌아가신 숙부님의 영이 몇 번쯤 집 주위에서 목격되었다.

그와 동시에 집 외벽에 기묘한 오염이 출현했다.

2층 남동생 방에는 높은 위치에 통기구가 있다. 밖으로 연결된 그 통기구는 지붕 바로 아래에 설치되어 있었다.

거기에 폭 3미터 정도의 길이로, 마치 다섯 손가락을 뻗은 듯한 흙탕물 자국이 생겼다.

사다리를 쓰지 않으면 닿지 않는 장소니까, 저런 높이에 일직선으로 흔적을 남기는 것은 누가 되었든 절대로 무리일 터….

집 안에서도 기묘한 현상이 빈번하게 일어났다.

밤이 되면 거실 창문을 탕탕 때리거나 현관문이 열리는

소리가 들렸다. 물론 밖에는 아무도 없었다.

아무도 열지 않았는데 동생의 방문이 덜컹덜컹 열리는 소리가 났다. 세면장 문이 쾅 닫히는 소리를 형제자매 모두가 들었다.

여동생은 방 밖에서 여자의 낮은 노랫소리를 들은 후에 방의 공기가 변했다고 말하며, 내 방에 몇 번이나 피난을 왔다.

세면장에서 얼굴을 씻고 있으면 긴 머리카락을 흐트러뜨린 얼굴을 명료하게 떠올릴 수 있었다.

그리고 자정을 지나면 밤마다 휴대전화로 통화하는 듯한 남자의 목소리가 복도에서 들렸다.

이변은 밤에만 일어나지 않았다.

내가 매일 아침에 세면장 앞을 지나면, 닫힌 문틈으로 키가 190은 되는 남자가 서 있는 게 보였다.

이런 귀신의 집과 같은 꼴이었기에, 무서워서 목욕이나 세수를 하려고 심야에 세면장에 갈 수도 없었다.

우리 가족은 궁지에 몰려, 신변의 위험마저 느끼고 있었다.

그런 때였다. 이걸 운이 좋았다고 해야 할지는 모르겠지만 갑자기 집주인이 영문을 알 수 없는 퇴거 명령을 보냈다.

집주인의 아내와 딸이 마치 실성한 사람처럼 트집을 잡았다. 집에서 나가지 않으면 불이라도 지를 기세였다.

역시 땅이 문제인지, 영뿐만 아니라 사람도 상당히 이상해져 있었다.

우리 가족은 내쫓기듯 지금 사는 집으로 이사를 왔다.

이사한 지 얼마 되지 않아 그 집 뒷길에서 엄청난 교통사고가 있었다. 세 명이 사망했다고 하는데, 이것도 우연이라 할 수 있을지.

그 지역 일대에 영적인 뭔가가 작용하고 있다고 생각할 수밖에 없는데….

투고자 **치히로** (여성, 아오모리 현)

핑크

잔업으로 늦게까지 남은 나는 피로를 풀 생각으로 드라이브를 하고 돌아가기로 했다.

오키나와에서 살기 때문에 이삼십 분만 달리면 바다 근처까지 갈 수 있다.

집에서 조금 떨어진 어느 곳을 마음에 들어 하던 나는 별다른 목적도 없이 그쪽으로 차를 몰았다.

곶 근처에는 리조트 호텔이나 골프장이 있고, 그 골프장 주변에는 오키나와 특유의 집 모양 무덤이 잔뜩 늘어서 있다.

그런 익숙한 풍경을 달려 곶의 등대 근처까지 갔다가,

잠시 밤공기를 마신 후에 천천히 집으로 돌아가려고 핸들을 쥐었다.

곳에서 나와 호텔을 통과해 아까의 골프장을 지나려 할 때쯤, 길가에 정차한 차 한 대가 보였다.

아무래도 타이어가 도랑에 빠진 것 같았다.

아주머니 한 명이 어쩔 줄 모르겠다는 표정으로 길가에 서 있었다.

뭔가 트러블이 생겨 길가에 멈춘 차는 자주 보이고, 오카나와에서는 누구나 가볍게 돕겠다며 말을 건다.

내가 차를 대고 아주머니에게 다가가니, 일을 끝마치고 퇴근하는 호텔 직원으로 보이는 남자들도 근처에 차를 대고 내렸다.

그 자동차는 타이어가 완전히 도랑에 빠져 빼내려 해도 어지간한 힘으로는 꿈쩍도 하지 않았다. 그것을 보고 종업원 중 한 명이 말했다.

"경자동차니까 한쪽 바퀴만 들어 올릴 수 있지 않나?"

남자가 셋이나 있으니 가능할지도… 라고 셋이서 힘을 합쳤다.

"아이고, 미안해요, 미안해."

아주머니는 허리를 낮추고 어쩔 줄을 몰라 했다.

"신경 안 쓰셔도 돼요. 어차피 한가하니까요."

우리는 웃으면서 영차, 하고 자동차를 들어올렸다.

뭔가가 도랑에 제대로 걸렸는지 좀처럼 올라오지 않았지만, 어떻게든 힘으로 해냈다.

하지만 올려놓고 보니 타이어는 펑크가 났다.

"아, 이건 틀렸어요. 타이어에 펑크가 났으니까 교환합시다."

한참 땀을 흘린 후에 그렇게 말하자 아주머니는 의외로 싫어하는 듯했다.

"됐어요, 됐어. 안 해도 괜찮아."

"그래도 이대로는 달릴 수도 없으니, 기왕 하는 김에…."

미안해서 사양한다고 생각해 우리는 타이어 교환 작업을 시작하려 했다.

…그런데 이 자동차의 타이어는, 이상했다.

도랑에 빠지면서 펑크가 났을 거라고 생각했는데, 잘 보니 타이어는 완전히 변형되어 있었다.

펑크가 난 상태로 장기간 타이어를 방치하면 변형된 모양으로 굳는 경우가 있다. 딱 그런 느낌으로 변형되어 있었다.

"···응? 이게 뭐야. 한동안 안 쓴 타이어잖아?"

소박한 의문이 일었다.

잘 보니 타이어의 볼트, 중심부, 휠 뒷면 등도 녹슬었다. 이건 어떻게 생각해도 기묘했다.

우리는 도무지 이해가 안 가, 얼굴을 마주 보고 잠시 생각에 잠겼다. 그러자 아주머니의 조심스러운 목소리가 들렸다.

"신경 안 써도 돼요···. 집은 멀지만, 무덤은 바로 옆이니까···."

아주머니의 태연한 한마디가 똑똑히 귀에 남아 버렸다.

처음에는 무슨 뜻인지 알 수 없었다. 하지만 금세 이 길 끝에 무덤이 몇 개나 있었다는 사실을 떠올렸다.

우리는 한순간 같은 상상을 했다. 우리는 눈빛을 교환하듯 서로를 바라보고, 말로 표현하기 힘든 공포에 사로잡혔다.

"···저, 정말로 괜찮아요? 우리는, 그럼 가야겠네."

아주머니의 얼굴도 보지 않고 우리는 도망치듯 황급히 차를 출발시켰다.

무섭지만 역시 신경이 쓰인다. 나는 굳게 마음을 먹고 백미러를 확인했다.

밤길에는 그 아주머니도 경자동차도 존재하지 않았다.

투고자 **히로** (남성, 오키나와 현)

인형의 방

영감이 없는 내가 고등학생 시절에 겪은 이상한 일이다.

당시 친했던 같은 반 M군네 가족은, 모두가 영감이 있는 엄청난 일가였다.

그의 형이 결혼하고 독립을 했기에 M군은 좁은 방에서 형의 넓은 방으로 옮겨가게 되었다.

그 이사를 도와달라고 나에게 부탁했다. 겨울방학이 시작되어 나도 시간이 남아돌았기 때문에 기꺼이 그의 집으로 가기로 했다.

이사라고는 해도 같은 2층의 방 사이를 이동할 뿐이다. 두 시간만 있으면 간단히 끝날 거라고 생각했다.

처음으로 가 본 M군네 집은 낡고 큰 2층짜리 단독주택이었다. 단, 그 집은 낡아서가 아니라 설명하기 힘든 으스스함이 감돌았다.

그리고 그 예감은 나중에 싫을 정도로 잘 맞게 되는데….

1층에는 열 평 정도의 넓은 거실이 있고, 그 한가운데에 그랜드피아노가 놓여 있었다.

마당 쪽에는 큰 창문이 있고 나머지 삼면에는 몇 단이나 되는 장식장이 천장까지 닿을 높이로 놓여 있었다. 그 장식장에는 엄청난 수의 인형이 피아노를 보며 빼곡하게 늘어서 있었다.

이야기를 들어보니 그의 아버지가 출장을 다녀올 때마다 각지에서 기념으로 사 왔다고 한다.

모이고 모여 이렇게 되었다고 하는데, 개중에는 프랑스 인형도 있기는 했지만 일본 인형이 압도적으로 많았다.

M군네 집 부엌이나 각 방은 꽤 어질러져 있는데, 장식장에 정연하게 진열된 무수한 인형들은 너무나 비현실적인 위화감이 있었다. 어떤 의미로는 익살스러운 광경이었다. 나는 그렇게 생각하며 황당한 표정으로 보고 있었다.

"난 말이야, 그다지 여기에는 있고 싶지 않아."

내 태도를 깨달았는지 M군은 의미심장한 말을 속삭였다.

"자, 시작하자!"

그 의미를 깊이 생각하지도 않고, 나는 M군의 말을 무시하듯 냉큼 이사를 끝내려 2층으로 올라갔다.

2층으로 올라가는 계단은 거실에 있어, 위에서 계단을 내려올 때는 싫어도 정렬된 인형들이 가장 먼저 눈에 들어온다. 그것은 사랑스럽다거나 아름답다기보다는 으스스한 광경이었다.

이건 싫은데… 라고 생각은 했지만 2층에 있을 때는 지장이 없을 거라고 보고 곧바로 둘이서 짐을 옮기는 작업에 돌입했다.

하지만 잠시 지나자 기묘한 일들이 일어나기 시작했다.

안쪽으로 열리는 문에 손을 대고 잡아당기려 했을 때였다. 그런데 문 건너편에 있는 누군가도 똑같이 잡아당기는 느낌이 들어 문이 열리지 않았다.

나는 완전히 M군이 장난을 치고 있다고 생각했다.

"나 짐 있단 말이야! 빨리 열어 줘!"라고 소리쳤다.

그러자 반대쪽에서 잡아당기던 느낌이 스르르 사라지고 문이 힘없이 열렸다.

열린 쪽에 있어야 하는 M군은 어디에도 없었다. 어라? 라고 생각하고 있자니 M군은 아래층에서 발소리를 내며 계단을 걸어 올라왔다.

"어라? 지금 문 건너편에서 잡아당기지 않았어?"

내가 의아한 표정으로 묻자,

"뭐? 난 지금 화장실 갔다 왔는데."

라고 대답했다.

수긍하긴 힘들지만 기분 탓이라고 생각하기로 하고 작업을 재개했다.

이번에는 아무도 안 쓰는 코타츠의 스위치를 껐는데도 방으로 들어오면 다시 켜져 있다는 이변이 몇 번이나 일어났다.

물론 M군이 일일이 스위치를 다시 켠 것은 아니다.

게다가 내가 옷장을 열려 하자 M군은 기겁하며 말했다.

"잠깐만! 지금 열면 안 돼! 안에서 날뛰고 있으니까…."

당최 의미를 알 수 없었다.

형이 쓰던 침대에 누운 M군은, 곧바로 얼굴을 찡그리고 "곤란한데. 이래서야 가위에 눌리겠어…"라고 진지하게 중얼거리기도 했다.

그 후로도 이변은 계속되었다.

이번에는 책상 위에 놓인 마스코트가 혼자서 스윽 움직인 것이다.

그것을 본 M군은 "오오, 오랜만에 폴터가이스트가!"라고 기뻐하기까지 했다.

괴기현상이 속출해, 공포보다도 화가 머리끝까지 나서 M군에게 따졌다.

"대체 이 집은 정체가 뭐야!"

그러자 그는 떨떠름하게 입을 열었다.

그 말에 따르면 M군의 형은 특히 영감이 강한 탓인지, 형의 방에는 아직 영이 여럿 남아 있다고 한다.

"결혼해서 독립할 때 대부분 데리고 갔다고 생각했는데…."

M군은 쓴웃음을 지으며, 보통은 얌전히 있는 영들이 내가 와서 조금 흥분했다고 말했다.

형이 거의 데리고 나갔다니, 결혼한 아내가 불쌍할 따름이다.

빨리 이사를 끝내고 이 집에서 나가는 게 답이라고 생각한 나는, 무서움을 느낄 틈도 없는 속도로 작업을 진행했다.

그때 아래층에 있는 전화가 정적을 깨고 요란하게 울렸다.

그때는 아직 무선전화기가 보급되지 않았다. 그때 M군은 손을 쓸 수 없는 상황이라 내가 대신 전화를 받으려 아래층으로 내려갔다.

전화는 복도를 내려가면 곧바로 있어서 조금 안심했다. 저 으스스한 인형의 방 안에 있다면 싫겠다고 생각했기 때문이다.

계속해서 울리는 수화기에 손을 뻗은 순간, 쭉 늘어선 인형들이 내 시야에 단숨에 날아 들어왔다. 마치 자신들의 모습을 봐달라는 듯한….

내 시선에 각인된 무수한 인형들. 나는 수화기에 손을 뻗은 채 경직되어 버렸다.

땅거미가 내린 어두운 거실에 천장까지 닿는 높이로 삼면을 메우고 있다.

그 인형들은 생기가 없는 눈으로, 방 한가운데의 피아노를 뚫어져라 바라보고 있었다.

비현실적이기 짝이 없는 광경에 나는 이제까지와 비교도 할 수 없는 공포를 느꼈다.

'이거… 정상이 아니야.'

경험한 적 없는 전율이 뱃속에서부터 끓어올랐다.

식은땀이 스멀스멀 배어나왔을 때쯤, 울리던 전화가 뚝 끊겼다.

퍼뜩 제정신을 차린 나는, 아직은 공포로 굳어버린 내 모습에 쓴웃음을 지을 여유가 있었다.

다시 전화가 올지도 모른다고 생각하면서 인형들에게서 등을 돌리고 천천히 계단을 오르기 시작했다.

몇 계단 올랐을 때 나를 불러 세우듯 다시 전화벨이 울렸다.

'이번에야말로, 제대로 전화를 받자!'

마음을 다잡고 돌아본 내 눈이 포착한 것. 아까와 같은 무수한 인형들….

하지만 단 한 가지만 아까와 달랐다.

이번에는 한가운데의 피아노가 아니라, 인형들의 차가운 눈은 전부 나를 향해 있었다.

투고자 **M · M** (여성, 오사카 부)

오토바이 사고

아무리 북쪽 땅이라 해도, 태양이 번쩍이는 8월의 늦더위는 견디기 힘들다.

그런 어느 날, 바이크 투어링을 하던 나는 홋카이도 서부 해안에 뻗은 국도를 상쾌하게 달리고 있었다.

오토바이와 한 몸이 되어 바람을 가르고, 엔진이 으르렁거리는 소리만 벗 삼아 목적지로 향했다. 어느새 저녁을 지나, 가을이 코앞이어서인지 태양은 의외로 빨리 저물었다.

깨닫고 보니 나는 가로등도 없는 어두운 길을 오로지 혼자 질주하고 있었다. 백미러로 확인해 봐도 후속 차량은 없었다. 쭉 뻗은 반대쪽 차선에서도 차는 한 대도 오지 않았다.

오토바이의 진동만이 자신의 생을 전해준다. 아무리 그래도 정말 쓸쓸한 길이다…. 자칫 달릴 의욕이 사라질 것 같은 기분을 머리 한구석으로 몰아내고, 마음을 비우고 앞만 보며 액셀을 밟았다.

바로 그때 저 먼 곳에서 헤드라이트 두 개가 보였다.

밝은 두 개의 광원은 어둠을 가르며 거침없이 다가왔다. 나는 오랜만에 만난 자동차에 어쩐지 구원받은 듯한 안도감을 느꼈다.

하지만 그렇게 생각한 순간부터 기묘한 일이 시작되었다. 초 단위로 급속히 거리를 좁혀 오는 반대편 차선의 자동차.

'어어? 뭐야! 어째서 이쪽 차선으로 오는 건데!'

운전자가 앞을 안 보나? 아니면 음주운전일 수도 있다. 아무튼 확실하게 내가 달리는 차선에서 바이크를 향해 돌진하는 것이다.

물론 내 바이크는 라이트를 켜났다. 그런데도 자동차는 마치 아무것도 안 보인다는 듯이 폭주하고 있었다. 사나운 짐승의 눈처럼 두 개의 노란색 라이트가 내 눈을 찔렀다. 눈이 부셔 자동차의 형태조차 육안으로 확인할 수 없었다.

쌍방의 속도를 생각하면 이미 피하는 건 불가능하다.

'아아! 이건 못 피해, 틀렸어! 이렇게 죽는 건가⋯.'

눈앞에 헤드라이트의 눈부신 빛이 퍼졌다.

쿵! 하고 한순간 바이크와 함께 튕겨나가는 기분이 들었다.

'난⋯ 죽는 건가⋯? 의외로 아프지는 않네⋯.'

곧바로 그렇게 생각했지만, 정신을 차리고 보니 나는 아무 일도 없었던 것처럼 가던 길을 그대로 달리고 있었다.

'어? 무, 무슨 일이 일어난 거지⋯.'

꿈이었을지도 모른다고 생각했다. 하지만 결코 졸지 않았다. 그 증거로 이렇게 아무 문제 없이 달리고 있다.

믿기 힘든 일이지만 나도 바이크도 전혀 상처가 없었다.

틀림없이 정면 추돌했을 텐데. 아무 일도 없었다는 듯이 지극히 정상적으로 주행하고 있는 건 어째서일까?

너무 이상한 일이라 나는 멍하니 바이크를 몰았다.

서서히 현실감각을 되찾으면서 갑자기 공포가 밀려들었다. 도로 구석에 바이크를 세워놓고 헬멧을 쥐어뜯듯이 벗었다.

철썩거리는 파도 소리만이 눈앞에 펼쳐진 바다의 존재를 알려주었지만, 주위에는 시야 전체에 칠흑의 어둠으로 가득 차 있을 뿐이었다.

나는 춥지 않은데도 몸이 가느다랗게 떨리는 것을 느꼈다.

믿을 수 없었다. 바로 지금 일어난 일인데도 믿을 수 없었다….

'난, 어째서 살아 있는 거지? 어째서 바이크에 아무런 상처도 없지?'

나는 떨리는 손으로 무의식중에 점퍼 안의 주머니를 뒤져, 언제나 지니고 다니는 부적을 꺼냈다.

나는 아연한 표정으로 그 부적을 멍하니 바라보았다.

'역시 그건 환상도 뭣도 아니었어…. 실제로 일어난 일이야….'

나는 부적을 손에 쥐고서 확신했다.

부적은 뭔가 강대한 힘으로 찢긴 것처럼 엉망으로 변해 있었다.

투고자 **BROWN BEAR** (남성, 홋카이도)

의사체

내가 아직 고등학교 1학년이던 때니까 약 30년쯤 전의 일이 된다.

수영부에 들어간 나는, 그해 여름에 처음으로 바닷가 합숙에 참가했다.

수영부의 합숙이라고는 해도 근처 바다에서 사흘쯤 해수욕을 즐긴다는, 반쯤 노는 의미의 가벼운 연례행사였다.

나는 교토에서 학교를 다녔기 때문에 합숙은 와카사 만의 타카하마로 갔다.

운 나쁘게도 우리가 도착한 날 오후부터 날씨가 우중충해지더니, 다음 날 아침부터 폭풍우가 몰아치는 험한 날씨가 되었다.

어쩔 수 없이 다들 민박집에 죽치고 앉아, 원망스러운 눈빛으로 잿빛 하늘을 올려다보며 한심한 잡담이나 트럼프 놀이나 할 수밖에 없었다.

"아아~, 젠장! 시시하긴….”

3학년 N선배가 내뱉은 투덜거림이 우리의 마음을 대변하듯 휘몰아치는 바람 속으로 사라졌다.

그리고 사흘째. 합숙도 이 날로 마지막이었다.

태풍이 완전히 통과했는지 하늘은 맑아, 아침부터 반짝반짝 빛나는 여름 태양이 해변에 내리쬐고 있었다. 다행히 며칠 동안 날씨가 험했던 탓도 있어서 해수욕장에 사람은 거의 없었다.

이제야 마음껏 헤엄칠 수 있다며, 우리는 1분 1초도 아까워하며 부리나케 해변으로 달려갔다.

"좋아, 저쪽 바위까지 200미터쯤 되니까 워밍업도 겸해서 왕복이다!"

주장의 제안에 우리는 일제히 바다에 솟은 바위를 향해 물보라를 흩날렸다.

이틀이나 바다에 들어가지 못한 울분이 쌓여서인지 우

리는 목적지를 향해 전력으로 바다를 갈랐다.

나는 선두로 도착해 다른 부원들의 상황을 보려고 바위에 기어 올라갔다. 심호흡을 하며 고글을 벗었고, 헤엄쳐 온 바다를 둘러보았다. 그런데 그때.

부글, 부글부글… 부글….

근처에서 괴로워하며 물속에 대량의 숨을 토해내는 소리가 들렸다.

대체 무슨 일인가 싶어 소리가 나는 쪽을 보았다.

보아하니 누군가가 물에 빠진 것 같았다. 머리는 반쯤 물속에 잠긴 채, 두 팔을 격렬하게 위아래로 첨벙거리며 수면을 쳤다.

나는 반사적으로 몸을 던져, 물을 마시며 필사적으로 몸부림치는 사람에게 헤엄쳐 다가갔다. 이미 부원들 몇명도 이변을 깨닫고 그쪽으로 헤엄쳐 나아갔다.

나는 헤엄치며 대체 누구일까 하고 전방을 주시했다. 격하게 허우적거리며 해면에 보였다가 말다가 하는 사람은, 놀랍게도 수영부에서 가장 실력이 좋은 N선배였다.

어제의 거센 폭우로 물이 탁해져, 아무리 투명도가 높은 바다라 해도 물밑은 수십 센티미터 깊이밖에 보이지 않았다.

그런 와중에 부원들 몇 명의 힘으로 어떻게든 N선배를 해변가로 구조해냈다. 발이 닿는 곳까지 오자 선배의 머리를 지탱하는 사람과 두 팔을 잡아당기는 사람으로 나뉘어, 간신히 육지 근처까지 끌어올렸다.

선배는 축 늘어져 있었지만, 가끔 의미를 알 수 없는 말을 하거나 혼신의 힘을 쥐어짜내 발버둥을 치거나 했다.

그 모습은 익사할 뻔했다는 쇼크를 넘어 뭔가 정상적이지 않다는 생각까지 들었다.

N선배의 듬직한 거구를 모래사장으로 끌어내리는 데 우리 하급생들은 엄청난 고생을 했다.

고생한 이유는 바다 속의 모래밭에 하반신이 닿아 브레이크를 걸었기 때문이다. 저항은 예상보다 훨씬 강했다.

탁해진 바다에서 파도가 치는 곳까지 선배의 몸을 서서히 끌어냈다.

가슴에서 배, 그리고 다리…. 무릎 아래, 발목이 바다에서 보이기 시작했을 때였다. 선배의 발밑으로 돌아가 발을 잡으려던 둘이 동시에 비명을 지르며 손을 뗐다.

"뭐하는 거야! 똑바로 좀 잡아!"

나는 둘에게 소리쳤지만, 날카로운 목소리로 비명을 지

른 둘은 선배를 내팽개치고 도망쳤다.

선배의 체중이 나와 또 한 명의 팔에 묵직하게 걸려 있다. 두 사람이 손을 떼고 도망치게 만든 선배의 발밑으로 시선이 갔다.

"······!"

그것을 본 나는 한순간 사고가 정지했다. 머리끝에서 발끝까지 몸이 떨렸다.

N선배의 발목에는 희고 가늘고 긴 것이 얽혀 있었다.

그것은 손이었다.

군데군데 찢어지고 불어서 썩은 살점을 노출한 흰 손이, 선배의 발목을 꽉 잡고 있었다.

상황이 심상찮다는 걸 깨달은 3학년 선배가 뛰어왔다. 다들 발목을 보지 않도록 노력하면서, 탁한 바다에서 선배를 단숨에 모래밭으로 끌어올리려 했다.

무겁다. 선배 한 명이라기에는 이상한 무게였다.

이어서 탁한 바다에서 해초처럼 머리카락을 일렁이며 여자의 몸이 딸려 올라왔다.

원피스 수영복으로 가까스로 여자라는 건 알았지만, 손

상이 심했다. 음침함을 넘어 끔찍하다는 표현이 딱 맞았다.

여자의 몸은 거친 파도와 암초에 시달려 상처로 가득했다. 눈을 부릅뜬 얼굴은 부풀어 오르고, 비대한 보라색 혀를 쩍 벌린 입에서 내밀고 있었다.

정신을 차린 상급생이 숙소로 달려가 경찰에 신고했다.

10분쯤 지나자 요란한 사이렌 소리를 울리며 경찰차와 구급차가 도착했다.

그러는 사이에 우리는 공포로 덜덜 떨면서도 어떻게든 발목에서 여자의 손을 떼어내려 했다.

하지만 쥔 힘이 어찌나 강한지 도저히 떼어낼 수가 없었다.

"너무 괴로워서 잡았던 거겠지…."

누군가가 중얼거리고, 우리 모두가 그 말에 납득했다.

즉, 상처투성이 시체를 봐놓고도 물에 빠진 여자가 선배의 발에 매달렸다고 믿기로 한 것이다.

현장에 온 경찰관이 우리에게 사정을 듣는 동안에, 의사와 간호사가 힘으로 여자의 손을 선배의 발목에서 벗겨냈다. 우두우두도 뽀득뽀득도 아닌 뼈가 으스러지는 기분 나쁜 소리가 났다.

여자의 손이 떨어져도 선배의 발목에는 손가락 자국이 또렷이 남아 있었다.

시체가 구급차로 옮겨지고 나자 우리도 조금은 마음의 안정을 되찾았다. 나는 용기를 내서 의사에게 물었다.

"저 여자 분은 언제쯤 돌아가신 거죠?"

의문스러웠던 사망추적시간을 묻자, 놀랍게도 사망추정은 24시간도 더 전이라는 것이다.

"그럴 리가 없어요! 아까 바다 속에서 발목을 붙잡혔다고요!"

나를 비롯한 모두가 숨을 헐떡이며 반론했다. 의사는 그 말에 고개를 끄덕이면서도 설명해 주었다.

"이 일대에는 해저의 차가운 물과 그 위의 따뜻한 물의 두 층이 있거든. 익사체가 깊이 잠겨 냉수층에서 흘러 다녔다면 사후경직은 일어나기 힘들지. 해수의 흐름을 따라 익사체가 부상해서, 온수층에서 경직이 시작되었다고 해 둘까. 그때 마침 저 3학년, N군이라고 했지…. 저 아이의 발목이 시체의 손에 쥐어졌다는 가정은 어떠냐. 아주 불가능한 건 아니야. 우연이 엄청나게 겹쳐야겠지만."

논리적인 설명에 고개는 끄덕여졌지만 감정적인 뭔가

가 여전히 마음에 걸렸다.

"그렇기는 한데…."

아직 납득하지 못하겠다는 우리의 표정을 보고 의사는 말을 이었다.

"말로는 이렇게 얘기하지만, 우연이 이 정도로 겹치는 상황은 생각하기 힘들지. 뭔가 불가사의한 힘이 작용했을지도 모르겠어…. 의사가 할 말은 아니라고 생각하지만."

밤늦게, 교토로 돌아오는 버스 안에서 나는 어떠한 의문이 내내 마음에 걸렸다.

검시 결과는 24시간 전 익사로 나왔다고 한다. 하지만 하루 전이라면 수영부인 우리조차 헤엄치기를 포기할 정도로 비바람이 거셌다.

의사가 말한 사망추정시각이 맞는다면, 그 험한 바다에서 여자는 뭘 한 거지? 게다가 수영복까지 입고서….

투고자 **SAQUIX** (남성, 교토 부)

난쟁이

그 괴기스러운 일은 대학교 2학년 때 일어났다.

당시 나는 원룸 맨션에서 혼자 생활하고 있었다.

가난한 학생 신분으로 세련된 맨션에서 살려면 부모님이 보내주시는 생활비만으로는 힘들었다. 전기세와 식비를 최대한 아끼고 아르바이트도 하면서 생계를 이어갔다.

그날은 강의가 없었다. 아르바이트로 피곤이 쌓인 탓도 있어 푹 자두려고 침대 안에서 꾸물거리다가 오후에야 겨우 눈을 떴다.

"아아, 이젠 일어나야겠네…."

무거운 몸을 침대에서 일으키고 일단 텔레비전을 틀었다.

텔레비전에서 〈와랏테이이토모!〉가 방송되는 걸 보니 점심때까지 잤다는 소리다. 스스로 생각해도 어이가 없었다.

그때는 아이돌 Y가 고정 출연을 하고 있었는데, 혀짤배기 목소리로 "제가여, 영감이 이꺼든여"라면서 무서운 이야기를 하고 있었다.

괴담을 좋아하는 나는 흥미가 동해 느긋하게 보려고 텔레비전 앞에 앉았다.

하지만 몇 분도 지나지 않아 화면을 보고 있기 힘든 수준의 졸음이 밀려들었다.

'오후까지 그렇게 잤는데… 어째서지?'

마치 텔레비전 화면이 최면술을 건 듯한 강렬한 잠기운.

더 앉아 있기도 힘들 만큼 졸려서 나는 다시 쓰러지듯 침대에 누웠다.

무시무시한 일은 그때부터 시작되었다.

정신을 잃듯 침대에 벌러덩 누운 순간, 내 몸은 스르륵 공중으로 떠올랐다.

중력을 무시하고 상승기류를 탄 솜털처럼 몸은 점점 천장에 가까워졌다. 물론 잠기운 따위는 날아가 버렸다.

'어어? 뭐, 뭐지? 나 떠 있는 거야…?'

갑작스러운 현상에 사고가 쫓아가지 못했다.

부유는 천장에 닿기 전에 멈춘 것 같았다.

'이게 말로만 듣던 유체이탈인가…?'

냉정하게 자문자답하는 나.

정말로 유체이탈인가 하고 아래를 봐서 확인하려 했지만, 몸을 아래로 뒤집을 용기는 나지 않았다.

나는 문득 오른손을 머리 위로 올려 시야에 들어오게 했다. 왠지 모르게 자신의 실체가 신경 쓰였기 때문이다.

하지만 아무리 오른손을 머리 위로 가져다대도 전혀 보이는 게 없었다. 팔을 드는 감각은 있어도 정작 손이 존재하지 않았다. 팔이 투명해진 것처럼 아무것도 보이지 않았다.

'아아, 역시 몸에서 유체가 이탈했구나….'

그렇게 확신한 순간, 콱! 하고 갑자기 내 발을 아래쪽에서 잡아당기는 누군가가 있었다.

'앗! 뭐지?'

나 이외에 누군가가 있다는 게 무서웠기에, 잡아당겨지는 내 발로 주뼛거리며 시선을 옮겼다. 그 정체를 보고 나는 정신이 아득해질 뻔했다.

얼굴에 입밖에 없는 난쟁이가, 있었다.

난쟁이가 낄낄 웃으며 내 발을 잡아당기고 있었다.

입은 마치 빨간 마스크처럼 양쪽 귀 아래까지 찢어져 있었다. 번들번들 빛나는 입술을 떨면서 재미있다는 듯이 여전히 낄낄거렸다.

마치 악마의 장난이 떠오르는 광경이었다. 나는 너무 무서워 비명조차 지를 수 없었다.

이 이상 잡아당겨져서 밑으로 떨어지면 안 된다고 생각해, 필사적으로 저항하려 했다.

하지만 난쟁이의 힘은 압도적으로 강해서, 저항할수록 그것을 즐기듯 조소를 날리며 더욱 강하게 잡아당겼다.

긴장이 풀려 잠깐 발에서 힘을 **뺀** 순간, 난쟁이는 혼신의 힘으로 나를 부엌 쪽으로 내던졌다.

그 시점에 나는 정신을 잃은 듯했다.

정신이 들고 보니 침대 위였다. 거친 숨을 내쉬면서 힘겹게 몸을 일으키자 아까의 공포가 되살아났다.

나는 주위에 아직도 그 난쟁이가 숨어 있지는 않은지 둘러보았다. 다행히 그런 이형의 존재는 어디에도 보이지 않았다.

"아아, 별일을 다 겪네…."

별생각 없이 시계를 보니 시곗바늘은 이미 오후 4시를
가리키고 있었다.

멍한 머리를 흔들어 아까의 비현실적인 체험을 떠올렸다.

그건 악몽이었을까, 아니면 현실이었을까….

너무나 리얼했던 기억이 괜한 추측 말라고 경고하는 듯
한 기분이 들었다.

투고자 N (여성, 효고 현)

이치마츠 인형

근처에 사는 할머니에게서 들은 불가사의한 이야기다.

할머니는 어린 시절에 부모 곁을 떠나 친척집에서 살고 있었다.

한참 먼 동네에서 외톨이로서 살아가는 조심스러운 생활. 응석을 부릴 부모도 소꿉친구도 없다. 그런 쓸쓸한 매일을 위로해준 것은 유일하게 데리고 온 이치마츠 인형뿐이었다고 한다.

매일 한시도 그 인형을 놓지 않고, 언제나 그 인형과 놀고, 부모를 그리워하며 눈물을 흘리기를 반복했다.

시간이 흐르고 흘러 어린 그녀도 성인이 되었다.

이윽고 결혼을 하고 아이도 얻었다. 어린 아들을 중심으로 가족들끼리 화목하고 온화한 생활을 보내던 어느 날.

아들이 갖고 싶다고 조르기에 잿날에 남자아이 여자아이 인형을 사 주었다.

조금도 특별하지 않은 싸구려 인형이었지만 모처럼 산 물건이니 장롱 위에 놓아두었다.

하지만 깨닫고 보면 어느새 인형이 둘 다 뒤를 보고 있는 것이다. 이상한 일이 있구나 하고 다시 앞을 보도록 돌려놓았다.

그런데 또 어느새 뒤를 보고 있다…라는 일이 툭하면 일어났다.

어느 날 수수께끼가 풀렸다.

세 살이 된 아들이 장롱 서랍을 계단 삼아 기어 올라가, 기를 쓰고 손을 뻗어 두 인형을 뒤로 돌려놓은 것이다.

위험한 행동이기도 해서 왜 그런 장난을 하느냐고 아들을 혼내자, 기묘한 말을 했다.

"인형, 무서워."

"응? 어째서? 네가 갖고 싶다고 말했잖니?"

대체 무슨 소리를 하는 걸까 하고 생각했다. 그러자.

"한가운데, 인형이, 화내…."

인형은 잿날에 산 두 개밖에 없다. 한가운데 인형이라니, 무슨 소리인지 알 수 없었다.

장난이 들켜서 변명하는 건 아닐까 생각했지만, 거짓말이라고 생각하기 힘들 만큼 그 호소는 진지했다. 그래서 아들에게 장롱 위의 인형을 그림으로 그려보게 했다.

"그럼 그 인형도 포함해서 그림을 그려보렴."

아들은 장롱 위에 놓인 두 인형을 몇 번이나 보면서, 크레파스 도화지에 열심히 그림을 그렸다. 그리고 완성된 그림을 보니….

남자아이 여자아이 인형 사이에 확실하게 이치마츠 인형이 그려져 있었다.

이치마츠 인형이 뭔지도 모를 아들의 그림에….

투고자 **마리코** (여성, 가나가와 현)

268

오사카 부에서 유일하게 행정구역이 촌인 곳으로 남친
과 둘이서 드라이브를 갔을 때 겪은 일이다.

시간대는 한밤중으로 기억한다.

그날 밤, 정해둔 목적지도 없이 마음 가는대로 핸들을
꺾다 보니 어느새 **그곳**에 와 있었다. 오사카라고는 하지
만 깊은 산속인 이 일대는 민가도 거의 없고, 잊힌 땅처럼
덩그러니 가로등만 선 어두운 도로였다.

달빛도 없는 캄캄한 밤길을 헤치는 것은 자동차 램프
뿐. 차 안에서는 흐르는 음악을 들으며 이런저런 대화를
나누고 있었다.

구불구불 이어진 언덕길을 올라 슬슬 내리막길에 접어드는 참이었다.

하지만 순조롭게 달리던 자동차의 속도가 점점 떨어졌다. 내리막길이니까 반대로 속도가 나야 정상인데, 영문을 알 수 없었다.

조수석에서 속도계를 보니 놀랍게도 시속 30킬로미터 미만이었다.

어두운 산길의 내리막길이라는 걸 감안해도 지나치게 신중한 운전이었다.

"저기, 어째서 그렇게 천천히 달리는 거야?"

그렇게 말하며 그의 얼굴을 보았다. 앞만 보고 긴장한 표정으로 핸들을 쥔 그의 얼굴에서는, 추운 계절인데도 한 줄기 땀이 흐르고 있었다.

"응? 왜 그래…?"

내 의문에도 대답하지 않고, 그는 여전히 입을 다문 채로 앞만 보며 차를 몰았다.

대답이 없는 그의 옆얼굴을 의아하게 바라보는 동안, 마침내 차는 인가 몇 채가 늘어선 기슭으로 내려갔다.

잠시 이동하더니 신호가 있는 일반도로로 합류했다.

내내 말이 없었던 그는 거기까지 오고 나서야 안심한

듯이 말을 꺼냈다.

"네가 무서워할 것 같아서 말 안 했는데, 아까, 나왔어…."

"어? 뭐가…."

무슨 소리인지 몰라 이상하다는 표정으로 그를 보자, 생각지도 못한 말이 날아왔다.

"아까 내리막길에 석탑이 있고, 그 옆에 오두막이 있었던 거 기억해? 거기서 세기도 힘든 수의 팔이 나왔어. 다들 긴 팔이었는데 그게 말미잘처럼 자동차를 잡았거든. 액셀을 최대로 밟아도 전혀 속도가 안 나더라고…."

그가 그렇게 말한 순간.

쳇!

…어디선가 혀를 차는 소리가 들렸다.

둘이서 저도 모르게 얼굴을 마주 보았다.

뭔가가… 아직 근처에 있다. 우리는 엄청난 기세로 시가지까지 도망쳤다.

나중에 우리는 차와 함께 제령을 했다. 그 덕분인지 어찌어찌 사고 없이 무사히 지내고 있다. 하지만 지금도 귀에 남은 그 짜증스럽게 혀를 차는 소리는 무엇이었을까?

투고자 **준치** (여성, 오사카 부)

외선전화

그 사건은 사원들이 쉬는 일요일에 일어났다.

나는 아르바이트로 그날은 오픈 담당이었다. 출근해서 경비원 아저씨에게서 열쇠를 받고, 아무도 없는 사무소 문을 열었다.

내가 일하는 곳은 레코딩 스튜디오. 토요일이든 일요일이든 이용자가 있다면 언제든지 열어야 한다.

평소에 하던 대로 첫 출근자가 하는 준비를 잽싸게 끝마치고, 야간에 부재자 모드였던 전화도 일반으로 되돌려 놓으려고 했다. 그런데 누가 전화를 쓰는지 외선 램프 중 하나가 붉게 점등되어 있었다.

스튜디오에는 전화가 총 15대 정도 있고, 외선은 8대가 연결되어 있다.

어느 전화기에서든 외선으로 걸면 전화기에 달린 8개의 버튼 중에서 사용하는 번호가 붉게 빛나기 때문에, 외선으로의 사용 여부를 알 수 있다.

아침에 사무소로 들어갔을 때 붉은 램프는 하나도 들어와 있지 않았다. 그런데 모드를 전환하려 하니 외선 8 램프가 켜져 있었던 것이다.

"어라, 어느 틈에? 나 말고는 아무도 없을 텐데…. 경비원 아저씨가 쓰시나."

이상하게 생각하며 램프가 꺼지기를 기다렸다. 누군가가 외선을 쓰고 있을 때 모드를 바꾸면 전화가 끊어져 버리기 때문이다.

하지만 5분이 지나고 10분이 지나도 외선 램프는 꺼지지 않았다.

"통화가 기네…."

혀를 차고 다른 일을 하면서 기다렸다. 하지만 30분 정도가 지났는데도 붉은 램프는 쭉 점등되어 있었다.

빨리 통상 모드로 전환하지 않으면 고객이 전화를 걸 수도 있으니 영업에 지장이 생긴다.

이대로 기다리기만 할 수도 없어서, 어떤 전화가 사용되고 있는지 확인하기로 했다.

있는 사람은 나 하나뿐이지만, 혹시 모르니 사무소의 전화기를 전부 둘러보았다. 역시 모든 전화기에 외선 8 램프가 켜져 있었다.

외선으로 연결된 전화기가 있다면 그 사용 중인 전화기만 램프가 녹색으로 빛난다.

그렇다면 사무소 안에 있는 전화기는 아니다.

하지만 각 층의 스튜디오는 전부 잠겨 있다. 가능성이 있는 건 지하 어시스턴트 대기실인데, 거긴 경비원의 전화기밖에 없다. 서둘러 달려가 그 두 대를 확인했지만 사용도 안 할 뿐더러 방에 사람도 없었다.

스튜디오의 열쇠는 전부 내가 가지고 있으니, 아무도 들어갔을 리가 없다. 하지만 이제 확인하지 않은 전화기는 스튜디오 안에 있는 것들뿐이다.

"이상하네, 고장인가? 에이, 설마 그건 아니겠지만⋯."

잠깐 스친 안 좋은 상상을 떨쳐내고, 청소도 겸해 스튜디오를 하나씩 둘러보기로 했다.

일단 엘리베이터로 5층까지 올라가, 이곳 스튜디오부터 체크를 시작했다.

인적이 없는 복도는 적막해, 철컥! 하고 잠긴 문을 여는 소리만 싫을 정도로 크게 들렸다.

전화기는 붉은 램프…. 여기는 아니다.

계단을 걸어 4층 스튜디오로 내려갔다. 열쇠를 돌려 무거운 방음문을 열고 전화기를 확인했다. 역시 눈에 들어오는 것은 붉은 램프였다.

어쩐지 안심한 기분이 들었다.

3층 스튜디오로 내려갔다. 왠지 두근거림이 빨라지는 듯했다. 뭔가를 예감하는 가슴 떨림이랄까….

크게 숨을 들이마시고 가슴의 두근거림을 진정시켰다. 조심스럽게 문을 열고 가만히 안을 들여다보듯 전화기를 확인했다.

…붉은 램프. 다행이야, 여기도 아니다.

이제 남은 것은 하나. 2층 스튜디오뿐이다. 사실 그 스튜디오는 전부터 이런저런 소문이 있다.

나도 일을 시작하고 얼마 지나지 않았을 때쯤, 바람도 안 부는데 2층 스튜디오의 무거운 방음문이 제멋대로 끼이이익 끼이이익 소리를 내는 걸 들은 경험이 있다.

빌딩 밖은 아침의 밝은 햇빛에 감싸여 있을 것이다. 하지만 그 문제의 2층 스튜디오로 내려가야 하는 나에게는 마치 어둠의 밑바닥으로 향하는 것처럼 뭐라 표현하기 힘든 공포가 있었다.

'…무서워. 하지만 확인은 해야 해.'

계단을 내려가면서 공기가 무겁게 침전된 느낌을 받았다. "크흠!" 일부러 크게 헛기침을 해서 스스로를 고무시켰다. 하지만 헛기침 후의 정적은 견디기 힘들었다.

스튜디오의 문 앞에 섰다.

두꺼운 문에는 슬릿형의 투명 유리가 끼워져 있었다. 그 유리를 통해 스튜디오 내부를 엿보았지만 안은 캄캄했다.

창문도 없고, 복도에서 들어오는 빛도 실내에는 닿지 않는다. 물론 사람도 보이지 않는다.

열쇠구멍에 열쇠를 꽂기 전에 커다란 손잡이를 움직여 보았다. 잠겨 있어 당연히 움직이지 않았다.

다시 한 번 심호흡을 하고, 열쇠를 꽂고 철컥 하고 힘주어 열었다.

곧바로 전화기 램프의 색이 눈에 들어왔다.

…그것은, 녹색이었다.

벽에 걸린 전화기의 외선 8이 녹색으로 빛났다.

그리고 수화기는 후크에서 떨어져 축 늘어진 채로 흔들거리고 있었다.

즉, 직전까지 누군가가 쓰고 있었다는 게 된다. 대체 누가? 이 방은 잠겨 있었고 안에는 사람이 숨을 만한 공간도 없다.

그렇다면, 내가 들어간 순간에 모습을 감췄나.

아니면 나한테는 **보이지 않을** 뿐인가….

그 순간 온몸에서 핏기가 싹 빠져나가는 것을 알 수 있었다.

역시… 이 방은, 이라는 무서운 예감이 적중했을지도 모른다. 나는 마음을 가다듬고 늘어진 채 흔들리는 수화기를 집어 가만히 귀에 가져다댔다.

뚜… 뚜… 뚜…

들리는 것은 상대가 없는 단속적인 소리뿐이었다.

투고자 **935** (여성, 지바 현)

흰 승용차

내 트럭은 홋카이도 232호선을 통해 왓카나이로 향하고 있었다.

시간은 오전 2시경, 빛이 없는 캄캄한 길에는 이쪽 차선도 반대쪽 차선도 차가 없었다.

일이 일어난 곳은, 쇼산베츠 촌 근처로 기억한다.

도로는 완만하게 업다운을 반복했다. 문득 깨닫고 보니 어느새 뒤쪽에서 라이트가 따라오고 있었다. 업다운이나 커브 탓에 백미러에는 차가 가까이 올 때까지 보이지 않은 듯했다.

얼마 지나 핸들을 쥔 내 옆을 흰 승용차가 추월했다.

칠흑의 어둠에 심해어처럼 붉은 테일램프가 소리 없이 녹아 들어갔다.

그 붉은 테일램프가 보이지 않게 되자 얼마 후에 또 후방에서 헤드라이트가 다가왔다. 드문 일도 다 있네, 이런 벽지의 도로, 하물며 이런 늦은 시간에 연달아 자동차를 두 대나 만나다니, 그렇게 생각하면서 핸들을 쥐고 있자니 아까와 같은 색의 자동차가 다시 추월해갔다.

어쩐지 이상한 생각이 들어 곧바로 자동차 번호를 기억해두었다.

차종은 T사의 C라는 일반승용차였다. 아까와 마찬가지로 붉은 테일램프를 빛내며 자동차는 전방으로 미끄러져 나갔다.

그러자… 테일램프가 시야에서 사라지기를 기다렸다는 듯이 또 뒤에서 헤드라이트가 번쩍거리며 다가왔다.

아까의 두 대와 동일한 속도로 따라붙는 자동차는, 이번에도 추월을 하려고 트럭 옆으로 와서 나란히 달리기 시작했다.

차종은 이번에도 흰색 C였다. 나는 그때 까닭도 없이

소름이 돋았다.

'아냐, 이건 단순한 우연일지도 몰라….'

스스로를 타이르며 아무튼 녀석의 자동차 번호를 보고 나서 생각하기로 했다.

스윽, 하고 자동차가 트럭 앞으로 달려 나왔다.

어떤 의미에서는 예상대로였다. 번호는 아까의 C와 같았다.

공포를 넘어 누군가의 장난이라고 생각했다. 단숨에 추월한 후에, 라이트를 끄고 어딘가에 정차한 채로 숨는다. 트럭이 지나가면 또 뒤에서 쫓아온다… 라는 것의 반복.

"제길, 저딴 장난을 쳐서 무슨 의미가 있다고…."

곧바로 그렇게 생각하려 했다. 하지만 한편으로 말도 안 된다며 머릿속에서 지우려고도 했다.

그런 의문이 머릿속에서 헤매는 동안 테일램프가 멀어져 시야에서 사라졌다. 전방이 캄캄해지자 백미러에는 또 헤드라이트가….

나는 각오를 굳혔다. 배에 힘을 주고, 마음을 굳게 먹고 핸들을 쥐었다. 어둠에 덮인 도로 앞쪽과 백미러를 번갈아 바라보았다.

스르륵, 하고 후속차량은 소리도 없이 차선을 바꿔 트럭 옆을 나란히 달리려 했다.

흰색 C….

"좋아! 어떤 놈이 운전하는지 얼굴 한번 보자."

나는 공포와 동등한 수준으로, 분노와도 비슷한 감정을 불러일으켰다.

승용차가 나란히 달릴 태세에 돌입했을 때 나는 액셀을 밟았다. 추월하려던 C와 트럭은 거의 같은 속도로 달렸다.

저쪽이 속도를 올리기 전에 운전석을 보려고 몸을 휙 비틀었다.

"……!"

나는 곧바로 액셀에서 발을 떼고, 브레이크를 밟아 갓길에 트럭을 댔다.

C의 운전석에는… 아무도 없었다.

태연하게 멀어져 가는 테일램프가 도깨비불처럼 어둠 속으로 사라졌다.

나에게 곧바로 출발할 용기는 조금도 남아 있지 않았다.

다행히 그 후에 완전히 다른 차량이 트럭 옆을 지나쳐

갔기에, 이제 끝났다는 안도감이 있었다.

이 체험은 벌써 10년도 더 전의 일이다.

흰색 C의 번호는 분명··· 4928이었던 것으로 기억한다.

투고자 K · S (남성, 훗카이도)

중년 남자

내 지인은 자동차 정비사로 일하고 있다.

어느 날 그는 차 상태가 이상하니 좀 봐달라는 친구의 부탁을 받고 히가시오사카 시의 I라는 동네로 갔다.

이곳은 오사카 시와 나라 현의 경계이기도 한 이코마 산의 서쪽 경사면에 위치하고 있다. I신사가 있는 곳으로도 유명하고, 오사카 평야를 한눈에 볼 수 있어 전망도 좋다.

공터에서 친구의 차를 간단히 점검해보았지만 별반 이상한 구석은 없었다. 어쩔 수 없이 시간도 때울 겸 차 안에서 담소를 나누었다.

계절은 가을. 에어컨을 켤 필요도 없어 엔진은 꺼두었다. 그러자 갑자기 철컥! 하고 멋대로 모든 문이 잠겼다.

운전석에서의 집중 도어록 시스템은 지금은 드문 장비가 아니다.

하지만 그 차에는 장비되어 있지 않았다. 오작동으로라도 그러한 일은 절대로 일어나지 않는 구조였다.

대화의 맥을 끊는 듯한 불가사의한 현상에 뭐라 표현하기 힘든 기분이 들었다. 아무튼 날도 어두워졌으니 이참에 이동하기로 했다.

얼마 후에 그는 그 친구의 집에 갈 기회가 있었다.

오래 머문 탓에 저녁때가 되어 식사를 대접받게 되었다. 식탁에 앉자 친구와 여동생, 어머니가 있고 아버지는 식탁에 등을 돌리고서 누워 텔레비전으로 야구를 보고 있었다.

넷이서 식탁에 둘러앉아, 이런저런 이야기를 나누며 시간을 보냈다. 그러는 동안 아버지는 한 번도 대화에 끼지 않고, 누워서 텔레비전만 보고 있었다.

느긋하게 있었던 탓에 결국 귀가는 밤 9시경에 하게 되었다. 돌아갈 때도 아버지는 누운 채로 아무 말 없이 텔레비전만 보셨다.

반년 정도 지나 또 저녁 식사에 초대될 기회가 있었다.

단, 그날은 아버지의 모습이 보이지 않았다.

"어라? 오늘 아버님은?"

그는 별 생각 없이 식탁에 앉으며 물었다.

"아아, 아버지는 언제나 늦게 오셔. 11시는 되어야 오실 거다."

친구는 지극히 평범하게 대답했다.

"흐음, 저번에 왔을 때는 저기서 텔레비전을 보고 계셨는데."

그렇게 말하자, 친구나 여동생, 어머니가 갑자기 입을 다물어 버렸다.

친구는 젓가락을 멈추고 말했다.

"그건… 아버지가 아니야. 뭔지는 잘 모르겠지만, 누군가가 있다고 하더라고."

영문을 알 수 없는 이야기지만, 친구네 집에는 누군지 모를 중년 남자가 **산다**고 한다.

언제나 **보이는** 것은 아니라고 한다. 친구도 본 적이 있는데 특히 여동생이 자주 본다고. 그 남자를 우연히 저번에 그가 본 것이다.

친구네 가족의 아버지는 절대로 식사할 때는 집에 돌아
와 있지 않았다는 것이다.

그를 배웅하러 나온 친구는 작은 목소리로 얘기하기 시
작했다.

"실은 요즘 좀 이상해. 거 왜, 저번에 자동차 문이 멋대
로 잠긴 일이 있었잖아? 거기서도 이상한 일이 있었거든."

그 공터에서 차를 세우고 안에서 여자 친구와 둘의 사
진을 보고 있었다고 한다.

그런데 잠시 지나자 갑자기 그녀가 소리쳤다.

"차 출발시켜 줘! 빨리!"

왜 그러는지 전혀 알 수 없었다.

"어? 왜 그러는데?"

이상하게 생각해서 물어보아도 창백한 얼굴로 빨리 출
발시키라는 말밖에 하지 않는다.

황급히 차를 몰아 10분쯤 달리자, 겨우 그녀도 진정되
었는지 이야기를 할 수 있게 되었다. 아직 조금 떨리는 목
소리로 그녀는 말했다.

"자동차 밖에서, 창문이란 창문으로 사람들이 잔뜩 들
여다보고 있었어." …라고.

"이거 전부 진짜야."

그는 거짓말을 할 만한 남자가 아니다. 그 일대에는 뭔가가 떠돌고 있는 걸까….

투고자 **64style** (남성, 오사카 부)

호텔 주차장

홋카이도 아사히카와에 있는 모 호텔의 주차장에 들어
갔을 때의 일.

나는 운전을 했고, 친구와 친구의 세 살짜리 딸이 함께
있었다. 그런데 주차장에 들어가자마자 열심히 떠들던 아
이가 갑자기 조용해졌다.

경치가 변해서 그런가 보다 하고 나는 크게 개의치 않
았다. 친구가 용건을 처리하러 호텔에 들어가는 걸 지켜
보고, 돌아올 때까지 주차장에서 기다리기로 했다.

그러자 좌석 한구석에 가만히 앉아 있던 아이의 상태가
돌변했다. 얌전해졌다고 생각했는데, 비밀스러운 목소리
로 나에게 이상한 소리를 했다.

"아키는, 계다네서, 떠어져서, 죽어써…."

갑자기 혀짤배기 소리로 그렇게 말하면서 히죽 웃었다.

"어, 뭐라고? 누가 떨어졌다고?"

분명 아키라고 말한 것 같았지만 나는 무심결에 되묻고 말았다. 아이의 친구를 이야기하는 거라고 생각했기 때문이다.

아이 쪽을 보고 눈을 맞추려 했다. 하지만….

아이는 내가 아니라 내 옆의 창밖을 보며, 고개를 끄덕이거나 말을 하고 있었다.

그 모습은 분명 평소와 달랐다. 창밖에 누가 있나 싶어 옆을 보았지만 있는 것은 주차장 벽뿐이었다.

나는 그때 어떤 사실을 떠올려 등골이 서늘해졌다. 그 호텔은 3층의 모서리 방과 주차장에서 여자의 영이 나온다는 소문이 있었다.

패닉 직전이 된 나는 다시는 창문 쪽을 볼 수 없었다. 어린애가 하는 말이니 잘못 들었을 수도 있다고 생각해 다시 한 번 물어보았다.

"저기, 누가 계단에서 떨어졌어?"

"엄마…."

한참을 기다리다 보니 돌아오지 않는 어머니가 신경 쓰인 거라고 생각했다. 제대로 내 얼굴을 보고 그렇게 말했다.

그러자 다시 혼이 빠져나간 것처럼 변하더니,

"아키는, 계다네서, 떠어져서, 죽어써…."

아까와 같은 말을 몇 번이고 반복했다.

도저히 견딜 수 없었다. 무서워진 나는 주차장에서 차를 몰아 근처 드럭스토어로 피난했다. 이 이상 호텔 주차장에 있을 용기는 없었다.

드럭스토어에 차를 세우고 마지막으로 한 번만 더 아이의 눈을 보고 물어보았다.

"저기, 계단에서 누가 떨어졌어?"

그러자 천진난만한 대답이 돌아왔다.

"도토이가, 계다네서 떠어져써."

그때 그 아이는 토토로를 좋아했기에, 이번에는 어렴풋하게 말뜻을 알 수 있어 조금은 안심했다.

그 후 친구에게서 연락이 와서 데리러 갔다. 돌아오는 길에 아이는 피곤했는지 잠이 들어 버렸다. 친구에게 아까의 일을 얘기하자, 아무래도 이 아이는 영감이 강한지 자주 뭔가에 홀린 것처럼 변한다고 얘기해 주었다.

확실히 그때는 뭔가에 씌어 보이지 않는 누군가와 대화하는 모습으로밖에 보이지 않았다.

투고자 **마유키** (여성, 홋카이도)

410호실

그 이상하고 무서운 일은 이십수 년 전에 일어났다.

당시 재수생이었던 나는, 동급생 친구와 함께 기숙사제 재수학원에 들어가 있었다.

기숙사는 4층짜리 철골 콘크리트 건물에 외벽은 배기가스로 지저분했다. 기숙사 앞에는 사택이 있고 낮에는 아이들 목소리가 들리는, 어디에나 있을 법한 평범한 분위기였다.

…그랬다. 그 일이 일어날 때까지는.

기숙사에 들어간 첫날. 얼굴도 모르는 청년이 우리에게 말을 걸었다.

그도 기숙사생인 듯했는데, 외모는 앳되어 보이는지 어른스러운지도 불명확했다. 아무튼 처음 접하는 타입의 수수께끼가 많은 남자였다.

그는 우리를 뚫어져라 바라보더니, "호오~" 하고 감탄한 듯이 중얼거렸다.

"뭐야…?"

의아하게 생각하며 묻자 내 친구를 향해 갑자기 지적했다.

"너는 심장 수술을 받았구나?"

아무래도 그 말은 사실인 것 같았다. 중고등학교 6년을 함께 지낸 나조차 모르는 일이었다.

하지만 그 이상 투시 게임을 하지도 않아, 우리는 조금 놀란 정도로 끝났다.

하지만 이것이 프롤로그라고는 누구도 예상하지 못했다.

불가사의한 그와 우리는 우연히 같은 4층을 썼다. 우리는 406호, 그는 401호였다.

처음에는 어쩐지 으스스한 녀석이라고 생각했지만, 석 달쯤 지나자 그때의 이상한 지적도 잊고 완전히 친해지게 되었다. 그 이후로 그도 기묘한 소리를 하지 않았다는 점도 있고….

그래도 그 신비군(이라고 부르도록 하자)이 복도에 서서, 진지한 표정으로 뭔가를 가만히 바라보는 모습은 몇 번이나 목격했다.

뭐하냐고 물어도 별 거 아니라고만 대답하고, 그가 바라보던 곳에는 아무것도 없었기에 도무지 영문을 알 수 없었다.

기숙사 4층은 나와 친구가 같은 방을 쓰고, 408호만 빈방. 총 11명의 기숙사생이 입주해 있었다.

어느 기숙사나 마찬가지겠지만 다들 툭하면 방에 모여 밤늦게까지 이야기를 나눴다. 연애, 꿈, 그리고 수험…. 화제는 얼마든지 있었다.

그런 어느 날, 나는 문득 떠오른 의문을 신비군에게 던졌다.

"그때 친구가 심장 수술을 했다는 건 어떻게 알았어?"

신비군은 뭔가를 얼버무리듯 방긋 웃었다.

"그냥 그런 느낌이 들었을 뿐이야."

그 말만 하고, 입을 다물어버렸다.

시간이 흐르고 우리의 운명을 바꾼 공포의 그날이 찾아왔다.

같은 층 410호실의 기숙사생은 나이에 비해서 늙어 보이지만, 외모와 정반대로 어린애처럼 겁이 많았다. 그리고 그 겁이 묘하게 귀여워 그만 놀리고 싶어지는 타입이었다.

그런 탓에 몇 명이서 가벼운 장난을 떠올렸다.

겁쟁이인 그가 목욕을 하는 동안 옆방에서 베란다를 타고 410호실 베란다로 들어가, 잡지에서 잘라낸 여자의 무서운 얼굴 사진을 창문에 붙여 두자는 것이었다.

사진 속의 여자는 척 봐도 원한으로 가득 찬 듯해서, 만약 실물을 보았다면 가슴이 철렁할 정도로 박력이 있는 얼굴이었다.

얼굴 윤곽을 따라 잘라낸 사진을 밖에서 창문 유리에 붙이면, 마침 어두운 밤 시간대라 마치 창밖에서 여자의 얼굴 부분만 들여다보는 것처럼 느껴진다.

갑작스레 보면 꽤 놀랄 거라고 예상할 수 있었다. 우리는 맞은편 방에서 문을 살며시 열고, 두근거리는 마음으로 장난의 성과를 기다리고 있었다.

그러자 "꺄아아아아아아아!"라는 날카로운 비명소리가 울려 퍼졌다.

'걸렸구나!'라고 생각했다. 우리는 여자 같은 비명소리에 쓴웃음을 지으며, 기대대로의 전개에 만족해서 맞은편 방에서 뛰쳐나왔다.

그 날카로운 비명이 들렸는지 다른 방에서도 사생들이 뛰쳐나왔다.

그때였다.

"뭐야, 지금 그 비명은?"

그렇게 말하며 계단을 달려 올라온 건 바로 410호실에 사는 그 녀석이었다.

'어? 그럼 저건 다른 비명인가….'

장난을 친 우리가 당황하고 있자니, 뒤에서 거친 고함소리가 들렸다.

"대체 무슨 멍청한 짓을 하는 거야!"

놀라서 돌아보니 신비군이 서 있었다.

평소의 온화한 표정이 아니라 날카롭게 우리를 노려보는 눈빛이었다. …아니, 그 시선은 우리를 그대로 통과해 정확히 410호실에 꽂혀 있었다.

"좋아, 다들 내 방으로 와!"

신비군은 그 말만 내뱉고는 곧바로 자기 방으로 돌아갔다. 우리는 영문도 알지 못하고 그의 방으로 향했다.

모두가 방바닥에 앉아 무엇이 시작되려나 하고 그를 주시했다. 신비군은 가슴에 괸인 숨을 하아~ 하고 내뱉더니 단숨에 말을 쏟아냈다.

"너희 고모는 자살하셨어!"

"네 몇 대 전 선조는 지주로 수많은 사람들한테 원망을 샀어."

"너희 집 뒷산에는 무덤이 다섯 개 있지! 그게 너희 집안에 재앙을 가져다주고 있어."

"네 뒤에는 여성과 그 여성을 호위하는 갑옷을 입은 무사가 있어."

"…그리고 네 할머니는 지금, 돌아가셨다."

놀랍게도 한 명씩 가리키며 그가 한 지적은 전부 짚이는 구석이 있었다.

잠시 망연한 침묵에 지배당했을 때, 갑자기 관내 방송이 들렸다.

"410호실 ○○ 씨! 집에서 긴급 전화가 왔습니다. 곧바로 관리인실까지 와 주세요."

검쟁이인 그는 허둥지둥 나갔다가, 잠시 후에 초췌한 표정으로 어깨를 늘어뜨리고 돌아왔다.

안색이 좋지 않았다.

"할머니가, 돌아가셨어…."

툭 내뱉은 그의 한마디에 뭐라고 대답하는 사람은 아무도 없었다.

맞았다. 신비군의 말이 맞았다. 모두 놀라서 그를 바라보기만 할 뿐이었다.

예언자처럼 차례로 말을 쏟아내던 신비군은, 이번에는 눈을 내리깔고 조용히 말했다.

"가능하다면 내 힘은 비밀로 해두고 싶었어. 미리 말해두겠는데, 나는 너희랑 다를 게 없는 평범한 남자야. 좋아하는 애도 있고, 슬픈 일도 고민거리도 있어. 하지만 딱 하나 다른 건, 나한테는 **녀석들**이 보인다는 거야. 오늘 너희가 한 행위… 정말로 큰일을 저질러버렸어. 정말 무서운 일을…."

그 말에 끼어드는 사람은 누구도 없었다.

모두 겁에 질린 표정으로 그의 이야기를 경청했다.

"사실 저 410호실에는 악의로 가득 찬 뭔가가 살고 있어. 나는 기숙사에 들어온 날에 깨달았지. 현관에서 위를 올려다보았을 때 그 주위만 이상하게 어두웠거든. 남향인데도 말이야. 아무것도 그림자를 드리우지 않는데. 위험하다고 생각했지만 아무튼 상황을 보기로 했어. 강약의 차이는 있어도 다들 수호령이 있으니까. 그중에서도 410호실에서 사는 넌 정말 강한 수호령을 가지고 있었어. 그래서 안심했던 거야…."

거기까지 말하고 신비군은 가볍게 혀를 찼다.

"하지만 너희의 질 나쁜 장난이 **녀석**을 자극한 것 같아. 갑자기 힘이 강해져 수호령들의 한계를 넘었어. 그래서 네 수호령은 할머니를 저세상으로 부른 거야. 함께 너를 지키기 위해서…. 잘 떠올려봐. 다들 이만큼이나 사이가 좋아졌는데 여기 들어온 이후 410호실에서 오래 머물러본 사람 있어?"

다들 얼굴을 마주 보았다.

확실히 다들 이 방 저 방에 모이는 와중에도 이상하게 410호실만은 피한 것 같았다.

"410호실의 넌 언제나 다른 방으로 왔잖아? 모기가 시끄럽네 잠이 안 오네 하는 이유를 대면서. 그건 수호령이 그렇게 하도록 조종했을 뿐이야. 뭐, 네가 알 리 없지만….

아, 맞아. 다들 조금만 신경을 쓰면 알 수 있을 텐데, 이변이 느껴져?"

이때 처음으로 그는 모두에게 질문했다.

하지만 그런 예상 밖의 질문에는 누구도 대답하지 못했다.

"문제의 그 **녀석**은 어째서인지 세로로만 이동하거든. 이 아래, 310호실 입주자는 어땠지? 신경쇠약으로 퇴실했지? 210호실은 다행히 빈 방이야. 410, 310, 210호실 바로 아래는 식당인데, 이 방 아래에 있는 공간만은 누구도 앉으려고 안 하잖아! 부정적인 에너지를 무의식적으로 느끼고 피하는 거야."

다들 잠자코 듣고 있었다. 아니, 누구도 대답할 말이 없었다.

그것은 너무나 상식에서 벗어난 이야기였으니까….

간신히, 옆 409호실 친구가 갈라진 목소리로 물었다.

"그럼 이제부터, 대체 어떻게 되는 거야?"

그건 모두가 알고 싶으면서도 가장 두려운 질문이기도 했다.

예상한 질문인지, 신비군은 말을 골라가며 설득하듯이

대답했다.

"**녀석**은 이번에는 옆으로 움직일지도 몰라. 하지만 할 수 있는 일은 해야지. 나는 엄밀히 말하자면 종교 따위는 믿지 않아. 하지만 경 중에서 몇 가지 말은 확실히 효과가 있거든. 중요한 건 그저 맹목적으로 믿는 게 아니라, 인간이 최선을 다해 한마음으로 바라면서 하는 행위에는 힘이 있다는 거야. 예전에 어떤 사람이 나한테 가르쳐줬어. … 어때, 다들 최선을 다해서 경을 써보지 않을래?"

신비군은 그렇게 제안했다.

다급했던 우리는 누구도 이의를 제기하지 않았다.

신비군은 경이 쓰인 낡은 소책자를 방에서 가지고 왔다.

우리는 그야말로 지푸라기에 매달리는 심경으로 진심을 다해 사경을 했다. 평소에는 신심이 전혀 없는 녀석들도 멍청한 짓이라고 생각하지 않고, 필사적으로 한 글자 한 글자를 얇은 종이에 베껴 적었다.

마음을 담아 집중해서 사경한 덕인지, 꽤 깔끔한 문자로 11매의 사경한 종이가 만들어졌다.

4층 각 방의 주민은 곧바로 자기 방으로 돌아가, 410호실로 향하는 벽에 그 종이를 정성스럽게 붙였다. 남은 것은 410호실의 벽 사면에 붙이기로 했다.

그런데 사경한 종이를 410호실 벽 사면에 다 붙였을 때.

나는, 그것을 보고 말았다….

아니, 그저 기분 탓이었을지도 모르지만, 410호실 다다미에서 검은 뭔가… 마치 연기와 같은 것이 뿜어져 나온 것이다. 보는 동안에 그것은 뭉게뭉게 모여 인간의 형태를 띠고, 갑자기 화악 크게 부풀어 올랐다.

'히익! 이, 이건 대체 뭐야…!'

공포로 몸이 움츠러들었다. 등에서 식은땀이 뿜어져 나왔다.

"우와아아아아!"

나는 소리를 지르며 방에서 뛰쳐나왔다. 그것은 환각이었을까, 정말로 보인 걸까, 아직까지도 모르겠다.

*

그럼 이제부터 후일담을 이야기해보자.

사건 다음 날, 할머니가 돌아가신 친구는 장례를 치르기 위해 귀향했다.

신비군은 다음 날부터 원인불명의 고열을 앓았기 때문

에, 그도 또한 고향으로 돌아갔다.

문제의 410호실에 들러붙어 있던 악령 같은 뭔가는 아무래도 봉인에 성공한 듯했다.

물론 410호실 친구는 방을 옮겨달라고 신청했지만 사정을 얘기해도 비웃음만 살 뿐이었다. 그는 어쩔 수 없이 다른 방에 얹혀 살 수밖에 없었다.

"하여간 너희도 참…. 아무리 정신적으로 불안정한 재수생이라고 해도 경을 써서 붙인다는 얼빠진 짓을 용케 떠올렸구나."

관리인은 어이없다는 표정을 지었지만, 우리의 공포는 나아지지 않았다.

"그 검은 건 대체 뭐였지?"

어느 날, 나는 견디지 못하게 되어 고향에서 돌아온 신비군에게 물었다.

"그건 한 명의 것이 아니야. 수많은 사람들의 '염(念)'과 같은 것들이 모인 거지. 엄청나게 낡은 것에서부터 비교적 새로운 것까지의 집합체나 마찬가지야. 게다가 녀석들한테 힘을 주는 뭔가가 있었을 거야. 그 구역에 가득한 안 좋은 힘의 원천인 뭔가가. 나한테는 그게 느껴져. 하지만 그게 반대로 녀석들을 그 구역에 머무르게 한다고 말할 수도 있겠지만….”

　신비군의 이야기는 추상적이라 의미를 알 수 없었다.

　하지만 기숙사가 있는 땅 어딘가에 비밀이 있는 것 같다는 점만은 이해했다.

　우리는 안 좋은 힘을 준다는 뭔가를 찾아내기 위해, 그의 말대로 기숙사 한구석을 조사해보기로 했다. 그곳은 410호실 방향에 인접한 토지였다.

　기숙사 주위는 연립주택 따위가 늘어서 있는데도, 마치 기피되는 땅처럼 거기만 아무것도 지어지지 않은 공터였다.

　부자연스럽게, 주위에서 붕 뜬 느낌으로 휑하니 비어 있다. 관리도 안 하는지 잡초가 무성하게 자라 있었다.

　우리는 빈 땅에 발을 들였다. 사람 키만큼 자란 잡초를 걷어내고 안쪽으로 나아갔다.

　잡초의 열기로 숨 쉬기가 괴로웠다.

　달각… 달각…, 신발이 딱딱한 것을 밟았다.

　사람을 위축되게 만드는 분위기의 공터에는 묘하게 굴러다니는 돌들이 많았다.

나는 몸을 숙여 돌 중에 하나를 주웠다. 울퉁불퉁한 돌인데도 일부만 매끈했다. 뭔가 싶어 그것을 확인한 순간.

"우왓!"

나는 저도 모르게 소리를 지르며 그 돌을 반사적으로 버렸다.

그것은 분명 무연고자 묘지 따위의 비석 조각이었다. 공터에 잔뜩 깔린 주먹 크기의 돌들은 전부 깨진 비석이었다.

우리는 이제 괴이의 원인이었던 **녀석들**도, 이 공터도 일절 상관하지 않기로 했다. 조사할수록 기분이 이상해질 것 같았기 때문이다.

이 이상은 알고 싶지 않았다. 알아서는 안 된다는 기분이 들었다.

*

몇 년 후, 의학부에 들어간 나는 의사가 되었다.

마흔이 된 지금 그 시절의 일을 떠올리면, 내가 410호실에서 본 것은 공포가 만들어낸 환각이었을 수도 있겠다는 생각이 든다. 정신이 불안정한 수험생이라면 가능성이 없지는 않다.

그리고 잔뜩 있었던 깨진 비석들은…. 어떤 업자가 그 땅에 버린 것일지도 모르고, 원래는 절의 소유지였을지도 모른다.

아직 스무 살도 되지 않은 민감한 시기에 부모 곁을 떠나 있다는 불안이 결합되어, 자신들끼리 괴이한 스토리를 만들어내고 있었던 걸지도 모른다.

하지만 그 이상한 일을 결코 잊을 수는 없다.

신비군과는 대학생 때 몇 번 만났지만, 둘 다 그 일은 일체 입에 담지 않았다. 화제로 삼아서는 안 된다는 암묵의 약속이 있었던 것으로 생각한다. 그 후에 그와는 아예 연락이 끊겼다.

410호실에 살던 겁 많은 친구와도 학생 때 만난 적이 있다.

그는 조금도 변하지 않고 그때 그대로였다. 불교계 대학이 목표였는데, 일부러 다른 일반계 대학으로 진학해 버렸다. 자기 나름대로 그 기억에서 멀어지려는 노력이었을지도 모른다.

다른 녀석들 중 몇 명은 사이비 종교에 들어갔다고 한다. 종교에 눈을 뜬 걸까…. 아니, 그게 아니라 아직 그 일을 매듭짓지 못해서겠지.

의사가 되어 수많은 죽음을 보게 될 때마다, 나는 신비
군의 말을 떠올렸다.
"넌 아마 조만간, 보이게 될 거야…."

투고자 **크리네오** (남성, 가가와 현)

공포의 일본 실화 괴담

1판 1쇄 2020년 7월 24일
**   3쇄** 2023년 8월 24일

엮 은 이 유키 노부오 · 봉마 프로젝트
옮 긴 이 주원일

발 행 인 주정관
발 행 처 북클릭
주   소 서울특별시 마포구 양화로 7길 6-16 서교제일빌딩 201호
대표전화 02-332-5281
팩시밀리 02-332-5283
출판등록 2006년 1월 9일 (제313-2006-000012호)
홈페이지 www.ebookstory.co.kr
이 메 일 bookstory@naver.com

ISBN 978-89-98014-09-4 03830